PETER HEIN

GEHT SO

WEGBESCHREIBUNGEN

LILIENFELD VERLAG

Für Anna, für alles

Inhalt

Rheinstrecke

Beste Reisezeit: wochentags, später Vormittag. Speisewagen, links in Fahrtrichtung, großer Tisch, zwei bis drei Zeitungen, ein Buch für später.

Im Normalfall gibt es seit dem Terrorregime Mehdorn eh bis Köln keine Sitze, und riskiere man bloß nicht die automatisch vorgeschlagenen Verbindungen mit Umsteigen in Köln; das machen die absichtlich, die wollen eigentlich gar keine „Privatkunden", wie der Reisende heutzutage ja beleidigt wird. Also erst mal einen Kaffee bzw. einen Espresso und je nach Sonderangebotslage ein Hefeweizen oder ein kleines Frischgezapftes; da entscheidet der Literpreis.

Mit dem Express, dem „Streiflicht" und ein bißchen Stöbern ist Bonn recht schnell erreicht. Zurücklehnen, entspannen, schauen.

Ach, wie war es doch zudem mit Bonn als Hauptstadt so bequem. Reste der parlamentarischen Antike sind zwischen all den gedopten Telekombunkern noch immer vom Zug aus zu sehen, Ex-Ministerien, Langer Eugen, Botschaften. Dann Godesberg, der Ungeist des alten Adenauer, des Wiederbewaffners. Jenseits des Rheins: Petersberg; Tagesschau allenthalben. Wie popelig das alles war, wie gut das zu Käfer, Opel Olympia und Tütenlampen gepaßt hat. Nyltesthemden nach einem langen Arbeitstag, beim Stammtisch der Kanalarbeiter, so roch die Republik. „Ich bin zwei Öltanks" gebar die Ostverträge, fragt nicht, wieso, schön haben wir es uns gemacht in einer schönen Gegend.

Das Siebengebirge, liebliche Hügel mit ersten Rebhängen, Drachenfels, Erinnerungen an erste Begegnungen mit der rheinischen Sagenwelt; nun je – besser vergessen.

Aber eben jene ersten Weinberge tun dem Auge gut; so ging es immer in die Ferien, mit großen Augen wurde das Draußen aufgesogen, Landschaft und Stadtschaft gleichermaßen. Die Reste der Brücke von Remagen, auch eine Wohltat, haben sie doch die Alliierten nicht hindern können, den Rhein zu überqueren. Leider kann man das angeblich vom Rhein aus erkennbare Hotel Caracciola nicht sehen, oder man erkennt es nicht mehr, jedenfalls ein in einschlägigen Werken über die Großen Fahrer immer herausgestellter Beweis für Bodenständigkeit. Auf unsern Autobahnen zeugen Berger-Spedition und Gartner-Transporte eher von gestiegenen Einstiegskosten in den Sport.

Die Namen der nur vom Regioexpress bedienten Städte, die man früher mühelos bei der Durchfahrt des Zuges lesen und sich merken konnte, sind entweder so verdreckt oder der Zug rauscht so schnell durch, meistenteils muß man heute raten. Oder bin nur ich das, die Augen und die Reaktionszeiten?

Ab Rolandseck, dem verkauften Bahnhof – einmal eine Nachrichtenwürdigkeit nur aus diesem Grund –, und dem Ahrtal kommt man sich vor wie am Büdchen oder im Getränkemarkt; fast alle Industrieanlagen an der Strecke sind Abfüllbetriebe und Flaschenlager, Zeugen einer Zeit, als Mineralwasser noch aus der Eifel kam, nicht aus dem Hahn in Essen oder aus der Zeche in Duisburg. Sinziger, Roisdorfer, Brohler, Apollinaris (Den Bahnhof gibt's doch gar nicht, Papa? Ja, aber dahinten ist das Kloster, die Kirche, irgendsowas, im Zweifel immer in der Eifel).

Das Fenster wird zum Bildschirm, ein Beitrag im Dritten Programm, Bilderbuch, aber aus welchem Jahr, wievielte Wiederholung?

Kurz bevor Koblenz erreicht wird, man merkt es an einer Verflachung und Zersiedelung und Verbaustoffgewinnisierung der Gegend, jetzt also sollte man zumindest ein zweites Bierchen ordern oder womöglich ein festes Frühstück. Nichts zu Aufwendiges, noch, was zu viel Aufmerksamkeit erfordern würde.

Erst wird noch die Mosel überquert, der Blick geht auf das Deutsche Eck, den elenden Wilhelm auf seinem Gaul, aber rechts schnell einen Blick ins liebliche Moseltal werfen, wo schon die Römer der Sonne den Wein entlockten. Koblenz selber, in der Kindheit ein steter Umsteigeort, ist auch sonst mit bösen Erinnerungen verbunden. Der erste Ort auf der Route, der schon zu Fuß erkundet wurde, ein unfreiwilliger Aufenthalt mit der Klasse, ein Bad in der Moselmündung, am Deutschen Eck ins Wasser gefallen, auf den bemoosten Stufen ausgerutscht; danach in nassen Klamotten eine 20-km-Wanderung durch die Weinberge, heute gäbe es da viel zu tun für die Anwälte, Herr Oberstudienrat.

Egal, wecken wir diese schlafenden Hunde nicht unnötig aus den Tiefen der unerwünschten Erinnerungen an diese Zeit.

Nun geht's hinein ins Welterbe. Aus dem Fernseher wird nun eine Kinoleinwand, wenn man sich drauf einläßt. Kaum an der Brauerei vorbei, geht es los mit den Steillagen. Es gibt wenig, was einer Kulturlandschaft mehr entspräche, als von Rebstöcken geprägte Hänge. Eine Beruhigung und Wohltat fürs Auge, gleich, ob im Winter nur die gleichmäßige Reihung der braunen Weinstöcke in der Erde an die Möglichkeit künftiger Genüsse denken läßt, an die Widrigkeiten bis zu ihrer Erlangung, oder ob in den verschiedenen Phasen des Gedeihens vom zarten Sprießen des ersten Grüns, über die Intensivierung der Farbe und das vom Winzer im Zaum gehaltene Wuchern der Triebe, des Blühens und dann des Reifens. Ein an der Sonne ausgerichtetes paralleles Reihen von gezähmter, dem reinen Genuß geweihter Natur.

Aber wie machen die das hier, an diesen steilen Hängen, in diesen rutschigen Schieferböden die Weinstöcke so parallel zu halten? Und dann nicht dauernd abzustürzen? Diese ewigen Pflegemaßnahmen, beschneiden, spritzen, binden, dann lesen. Saisonarbeiterverschleiß?

Nun ja, wenn man hier so durchrauscht, dann sind es immer weniger wirklich kultivierte Weingärten, immer mehr aufgelassene, denen man Landflucht und Erbenstreit ansieht; Gestrüpp, wo einst Reben standen, von Jahr zu Jahr mehr. Und die, wo noch einen Betrieb haben, da sind die Hänge im Frühjahr jetzt statt grün meist blau, Vogelfraßschutznetze.

Im Gegensatz zu den Rheinreisenden der Romantik kann man ja hier vom Speisewagenfenster aus in knapp 90 Minuten sehen, warum es am Rhein so schön ist. Man muß sich nicht tagelang in einer rappelnden Postkutsche die Knochen stauchen lassen, sich nicht auf Wanderungen tags Blasen und nachts Räusche holen, um nach Wochen endlich Mainz zu erreichen, sich nicht dem Schrecken der Sagenwelt überlassen. Bequem und für kleines, den Betriebsausgaben zuzurechnendes Geld kann man genießen, wofür Japaner und Amis ganze Tage ihrer kurzen Ferien in Europa opfern, ein Höhepunkt in der Ausbildung ihrer Kinder.

Übertriebene romantische Gedankenflüge relativiert natürlich der real vorbeifließende Güterverkehr, auf Schiene mit viel Getöse entgegenkommend (so mal wieder eine Störung auf dem gegenüberliegenden Ufer vorliegt), auf der schmalen Bundesstraße und natürlich auf dem Wasser. Chemie, Montan, Holz, Autos, Container, Menschen. Schubverbände, Euroklasse, Hotels.

Je nach Wasserstand mal näher oder weiter zum Ufer, die Bundestraße immer wieder unterquerend, links, rechts,

Kurven. Auf der gegenüberliegenden Seite sanft abfallendes Ufer, dann hier auf der Seite bald ein Tunnel, dann wieder hier ein flacher Bogen, jenseitig Tunnel. Immer wieder kann man gleichzeitig beide Zugenden durchs Fenster sehen, die Strecke windet sich wie der Fluß, Süd-Ost-Süd-West-Süd-Ost … Schatten-Licht-Schatten-Licht. Über den Rebhängen Wald, ab und an Fels, unten Stadt an Stadt, klar getrennt, verhältnismäßig wenig zugewuchert (das Wuchern verlegt man in die Seitentäler, auf die Hänge, die Hochfläche). Oben die unvermeidlichen, berühmten Burgen. Bei den meisten kann man gar nicht mehr erkennen, welche wirklich aus dem Mittelalter stammen oder von verrückt-romantischen Schlotbaronen im historisierenden 19. Jahrhundert erstellt wurden. Und die wenigen echten sehen restauriert als Hotel, Firmensitz oder Ferienresidenz bekloppter Amistars auch nicht besser aus, als sich der kleine Richard Wagner das Deutsche vorgestellt hat. Man kriegt auch gar nicht mehr zusammen, wo da eigentlich welche Sagen und Schreckensgeschichten gespielt haben. Alles ein Vorbeiflug von feindlichen Brüdern, Drachentötern, Zwangsehen, vergessenen Gefangenen. Aber wie sie so auf grünem Hügel über schroffem graublaubraunem Fels thronen, da zeugen sie vom deutschen Unternehmergeist: Wer hier durch will, der zahlt oder stirbt.

Und er müßte wohl auch für all diese Farben zahlen, die unzähligen Grüns, je nach Tages- und Jahreszeit; jeder blöde Baum, dessen Namen man mal gelernt hat, behauptet einen eigenen Grünton für sich alleine, jede Gras- und Kräuterart, desgleichen Moos auf Mauern und Steinen, die Spiegelungen im Fluß. Für die restlichen Farben könnte man so fortfahren, je nun, zu was?

Trotz der über Jahrzehnte wiederkehrenden Fahrten auf der Rheinroute läßt sich die korrekte Reihenfolge der einzelnen Orte nicht memorieren und abrufen, auch nicht, welche links, welche rechts liegen, welche noch Stadtmauern haben, wo welche Kirche, welcher Dom graugranitener oder weißroter rheinischer Gotik geschuldet ist, welches Hotel „Zum schönen Irgendwas“ dominiert.

Jedenfalls kann fast immer festgestellt werden, nach der ersten Begeisterung legt sich bald die Erregung der Reisenden, man hat ja das komplette Paket gebucht. Die meisten langweilen sich inzwischen, die jungen widmen sich lautstark ihren Mobiltelefonen und Eipotts, tauschen MMS und Musik, die älteren essen, dösen, streiten.

Assmannshausen (drüben), St. Goar, 100 Meter Tunnel, Flußschleife, Tunnel, Licht, Dunkel (War Kaub schon? Die Pfalz, schon wieder mal restauriert?) und dann, ich weiß auch nicht, was es bedeuten soll: die Stromschnellen sind selbst bei Hochwasser gut zu erkennen, die den Stein der deutschen Steine ankündigen, St. Goarshausen, Loreleystadt, eine Riesentitte im Fluß, ja, die Wand fällt wirklich fast senkrecht in die Strömung, drüben, wenn man da rudern müßte, aufpassen, Panik vermeiden, nicht ablenken lassen. Na ja, nach Wochen auf dem Fluß, da könnt einen da oben so eine blonde Sirene … oder? Aber untenrum, da ist sie ja auch schon durchbohrt inzwischen, lang schon getunnelt. Nicht, daß es da sonst wunders was zu sehen gäbe, oben drauf ist es ja eh ziemlich flach, ein paar Fahnen flattern immer, die Freilichtbühne ist kaum zu ahnen, und das war's dann.

Währenddessen geht alles so weiter mit dem Geplauder, Gelärme, Geschlafe, es folgen schon Oberwesel, Mäuseturm, im Minutentakt, all die teuren Europareisen könnten so einen schönen Höhepunkt gefunden haben, hätten sie nur bemerkt, was da an ihrem Fenster vorbeiflog.

Nun passiert der Zug Bingen, auf dieser Seite wellen sich nach wenigen Kilometern die Höhen des Hunsrücks, geht es dort drüben ziemlich unspektakulär weich in den Taunus über, auf der letzten Höhe erhebt sich revisionistisch deutschtümelnd zum perfiden späten Triumph über den Kaiser der Franzosen errichtet die Wacht am Rhein, markiert die Stelle einer weiteren Rheinüberquerung einer Allianz, diesmal in Gegenrichtung, 150 Jahre zuvor.

Hier weitet sich das Gebirge bzw. in Fließrichtung stemmt es sich dem Fluß entgegen, zwingt ihm einen Durchbruch auf; hier also weitet sich die Gegend, wird öd und leer, niederes Hügelland, Hochburgen olympischer Randsportarten, Ringen, Fechten, Dopen, Schifferstadt, Neustadt, Weinstadt. Hier, zwischen Mainz, Wiesbaden und Mannheim, wird der Weinbau dann industriell betrieben, von weitem sieht man den Ortschaften noch ihre Baumarktigkeit an. Kein Wunder, erreicht man auch bald die Saumagenhochburg Oggersheim; so einschläfernd konnte nur der Kanzler der Einheit auch den unappetitlichsten Widrigkeiten von Tagespolitik und Spendenaffären trotzen und standhalten sein trauriges Jahrsechzehnt.

Nun wird es endgültig Zeit für eine Mahlzeit. Sofern man nicht das Glück hat, einen in die Zivilisation zurückkehrenden schweizerischen oder italienischen Gastronomiewagen erwischt zu haben, dann wird man von Mehdorns Kantinenschergen wahrscheinlich ziemlich übel bewirtet werden. Irgendein Fernsehkoch wird mit einer Handelskette kooperieren, und die Inhalte der Mikrowellenpackungen entstammen angeblich seiner persönlichen Werkstatt, zumindest entstammt das Salär für sein Konterfei auf dem Flyer der Reisekasse des Reisenden.

Sollten den Mehdornschen Bemühungen, auf dem Rücken der Reisenden die Kohle für einen zünftigen Börsengang (Wie in Rußland????? Schalke?) einzusparen, die Wartungsarbeiten an Klimaanlage und Kühlschrank ausnahmsweise mal nicht zum Opfer gefallen sein, dann gibt's auch noch mal lecker

Bierchen, und im weiteren Verlauf der Reise, womöglich in die Schweiz oder in die Ferien, da kann man dann auch mal ein bißchen lesen wieder; die Arbeitnehmer im Speisewagen werden in der Regel freundlichst für Nachschub an Getränken sorgen, ihrem obersten Manager hoffentlich die Umsatzvorgaben unterschreitend; und ihm die Suppe versalzend und die Pest an den Hals wünschend verbleibe ich mit besten Angedenken an die Bahnreise.

Hamburg

Dom. Hamburg heißt Dom. Egal wann, dieses angeblich an saisonale Anlässe gekoppelte Volksfest ist immer. Also eher wie Würstlprater, nur: da weiß man's. Und wenn mal wirklich nicht Dom ist, dann aber in ein paar Tagen und es wird grad aufgebaut.

Dom im Schneematsch. Aufwachen vor dem Heiliggeistbunker, braun-weiße Sauce überall, es ist kurz nach acht, Hunger, klar, aber herrlich, Hamburg, St. Pauli, die Stadt, die nie schläft. Außer dort, wo die ehemalige, radikalschicke Bohemeria das Sagen hat. Marktstraße, Feldstraße, Schulterblatt, morgens vor 11 ist die Welt noch vernagelt, wie in Ddorf gibt's außer Bäckern nix für zum gepflegten Frühstücken. Richtung Reeperbahn könnte man wahrscheinlich noch wo saufen, kenn mich da nicht mehr so aus, aber paar gebratene Eier zum Hellen – Fehlanzeige.

Die alternativ-kreativen Kapitalisten schlafen erst mal aus, die wahrscheinlich angeschickten Cafés, Bars, Lounges sind erst mal dicht. Und Kneipen gibt's nicht. Und so schleicht man dann eher ungemütlich durch immer noch graue, feuchte, schmuddelige Straßen, vor fast zwanzig Jahren zum letzen Mal hier gewesen, in grauen, feuchten, schmuddeligen Zeiten. Und all die Landmarken aus den wilden Jahren davor, noch mal fast zehn früher, das macht in der Atmosphäre ganz schön niedergeschlagen. So überhaupt nichts dazugelernt, alles Brache und spekulationverhinderthabenwollende Ex-Entmietungen. Und im Erdgeschoß und Tiefparterre die Wortspielhölle, selbstgestrickt, drittgeweltet, Eigenimport, Mondpreise. Aber kein Schlecker. An und für sich lobenswert, schleckerbefreite Zonen, aber wenn man Zahnpasta braucht, dann sollte man zumindest einen Rossmann oder DM an der Ecke haben.

Mit MoPo und Blöd die Zeit bis zehn beim Bäcker zu vertrödeln, zerrt ganz schön an den Nerven. Aber das war in Hamburg immer schon so, es berlint recht zäh vor sich hin am Morgen. Nun denn, je später der Vormittag, desto mehr Buch-, Platten- und Klamottenverwerter öffnen ihre Tore, aber viel kaufen fällt flach, vor allem will ja alles geschleppt werden.

Und die Kreise, die erwanderten, weiten sich ein wenig. Zwar bleibt das Wetter grauslich, aber gerade das treibt einen dann in eine studentische Bierzapfe mit Spiegeleiausschank, die auch noch richtige Zeitungen parat hält. Tiptop. Man muß sich mal das Blatt des Werbepartners nicht selbst kaufen, es liegt neben bayerischer und hessischer Qualitätsjournaille aus.

Die spiegelei-induzierte Faulheit entschuldigt sich noch selbst mit einem derzeit eher öden Ausstellungsprogramm, die ständigen Sammlungen hat man beim letzten längeren Besuch begutachtet, und überhaupt, grade in Bahnhofsnähe möchte man heut gar nicht. Und auch U- und S-Bahn mag man sich heute erst recht nicht anvertrauen. Also weiter dem nieselnden Grau zusehen und die Füße möglichst wenig ins Brackwasser tauchen.

Nur gut, daß im Hirnstübchen auch immer ein Platzerl für Erinnerungen frei ist. An herrliche Sommernachmittage, klare, weite Himmel, durchschrittene Blumenwiesen im Park, gekickte Pillen auf Parkplätzen, Sonnenaufgänge nach lauen, durchgemachten Nächten. An fantastische Konzerte, groß Costello, größer fast Suicide, Blitzbesuch mit der Nuckelpinne bei den B52's. Und an Desaster in der Markthalle, Langeweile in der Fabrik, Skandal in Pö und Freiheit. Alles selbst verschuldet. Und Langzeitfehden wegen der Hamburger Härte, Spaß mit etlichen Hamburger Schülern und vor allem ihren Lehrern (oder älteren Brüdern?).

Aber hier leben? Nein, danke! Nie verstanden, wie man hierhin übersiedeln kann, sich aus dem kollektiven Gedächtnis selber löscht. Sogar an schönen Tagen ist hier die Vergänglichkeit allgegenwärtig.

Zu vermieten
0211-166 590 49
RETTUNG

ZU
VERMIET
0170
205 266
BURKHARD WA
IMMOBILIEN

Augsburg

Seltsam, seltsam. Da hat man in fast 30 Jahren Tonleiter-Abtingeln in Deutschland noch nie das A getroffen. Sogar mit dem Zug lag es erst ein-, zweimal als Hbf am Weg. Ansonsten anscheinend neben der Spur.

Erster Eindruck durchs Busfenster: ein trostlos überdimensioniertes Proberaum-Gelände. Kaum noch Spuren der „verdammten Besatzer“, außer der endlosen Weite, die die Truppen der Schutzmacht wohl an die Heimat erinnern sollte. Was von der Stadt hinter dem Zaun sichtbar ist im leicht diesig-grauen Morgen, läßt Arges befürchten. Wiederaufbau-Mietshäuser und abgewrackte Umnutzungen. Auweia, vielleicht hätte man doch lieber in Leipzig bleiben sollen am freien Tag? Egal, Hunger und Sanitärdrang melden sich, also Stadtsuche.

Leider hat die erste aufgefundene Einkehrstätte Ruhetag. „Der Österreichische Kaiser“, der hätte mir getaugt. Es schaut hier nämlich plötzlich gar nicht mehr trostlos aus ein paar Straßen abseits des Ex-NATO-Geländes, sehr biergartenevozierend. Mit steigender Hoffnung an einer nahegelegenen Bushalte eine gewisse Vorstadtbahnhofsnähe eruiert, eine am Ende der Straße querende Straßenbahn verbessert die Aussichten erheblich (Strabaregel. Viel Bahn, gut Stadt), dann einmal unter der Eisenbahn durch, und schon geht es los mit der Urbanität. – Na ja, es hat zumindest eine platzartige Kreuzung, Hinweisschilder nicht nur zur Autobahn, sondern auch zum Zentrum, einen Bahnhof mit RB / RE, Einzelhandel und –

Hurra!!! – Gastronomie in Gestalt eines Brauhauses. Dort ist der Braumeister an diversen Kesseln und Ventilen zugange, und das erste von der Schankwalküre kredenzte Helle erfüllt, im Gegensatz zum Espresso, alle Ansprüche an selbiges, es labt, erfrischt und löscht den ersten Hunger. Die Speisekarte verwirrt so früh am Morgen: Keine Weißwurst? Aber man sieht doch auf allen Autonummernschildern die blauweiße Raute? Statt dessen allerlei schwäbisches Dingsbums. Dann meldet sich allmählich vergrabenes Halbwissen: Fugger und Lechfeld und Altschwaben, genau, es gibt doch neben Franken noch ein Minderheitenproblem in Bayern. Also läßt man sich irgendein totes Tier aufs Brot schmieren, noch ein Bier auf den Weg – und jetzt auf ins unbekannte Augsburg.

Eine noch leicht fahle Vormittagssonne legt eine gewisse frühlingshafte Vergoldung über eine im übrigen recht kakanisch anmutende, angestaubte Vorstadtstraße.

Die berufsbedingten Zipperlein im HNO-Bereich werden von einem die schon erfolgte Selbstdiagnose durch TCM (Total Chemische Medizin) bestätigenden migrierten integrierten Apotheker aufs Beste gelindert.

Es wird wärmer. Der Weg ins Unbekannte wird zur Wanderung, kein erkennbares Ziel. Es droht Unterhopfung.

Glücklicherweise lädt eine zu einem (noch) nicht bewirtschafteten Biergarten gehörige Kaschemme den Flaneur zur Rast. Im resopalbeschichteten Ambiente, einer Bahnhofskneipe alten Zuschnitts nicht unähnlich, bietet sich ein köstliches Tableau. Bejogginganzugte Hartzer, frühverblühte Pluskassiererinnen, ein vom abrückenden Besatzer hinterlassener, mopsfideler Billy Mo, sie alle diskutieren ausgiebig frühverrentende Krankheiten, Weltreisen, Unterhaltungselektronik und Steuersparmodelle. Daneben bewacht stumm die Theke der diensthabende Schnapsvernichter. Durch Belauschen und wohlwollendes Beäugen dieser quasi heiligen

Familie wieder erquickt, kann die Wanderung somit fortgesetzt werden.

Nach einem ordentlichen Marsch und dem Überqueren zweier Gewässer, erhebt sich plötzlich hinter einem breiten Grünstreifen eine mauerumgürtete Stadt. Ein Torturm will durchschritten sein, zu seinen Füßen eine (geschlossene) Brauerei. Schon umfängt einen lebendig erhaltenes, schmukkes Gasselwerk.

Von hier an ist eine exakte Wegverfolgung kaum mehr möglich, zu verworren der Stadtplan, zu überraschend angenehm die Eindrücke, zu lang her das Unternehmen, zu vorherrschend der Vorsatz, nicht zum verfluchten Mittel der Recherche zu greifen. Besser schlecht erinnert, als falsch ergugglet.

Nach Erreichen eines Gründerzeit-Ensembles aus Theater, Gerichten, Bahnhofsperipherie und Bibliothek[1] wurde glücklicherweise der Weg zum Bahnhof gemieden.

Statt dessen erwischt man den Zugang zur Fußgängerzone über den Markt und wird belohnt durch für rheinische Verhältnisse gemütliche und geschmackvoll erhaltene Einkaufsstraßen.

Einige Stiegen geht's abwärts, Ruhe kehrt ein, sonnenbestrahlte Schanigärten laden zur Mittagsrast, trottoirbreite Wassergräben heißen Innerer, Vorderer, Linker oder Wasauchimmer-Lech, drei oder vier an der Zahl durchziehen sie die Altstadt, rauschen und riechen gut. Immer wieder erreicht man auch ein von Straßenbahnen durchfahrenes Stadttor, folgt einem Stück der Stadtmauer, landet wieder im Gasselwerk.

Auf dem Rücken der Anhöhe erstreckt sich ein riesig breiter, Straße genannter Platz, an einem Ende eine ziemlich große

---

1 Nichtzutreffendes streichen, es sieht überall gleich aus; dazwischen wie immer Wiederaufbau.

gotische Kirche, fälschlich für den Dom gehalten; ein Besuch im kühlen Inneren klärt diesen Irrtum auf. Das der Kirche entgegengesetzte Ende verjüngt sich zu einer Art Passage, durch die man auf einen noch weiteren, nahezu quadratischen Markt- oder Rathausplatz gelangt, Fußgängerzone und Biergarten in einem, voll bis zum Bersten mit sich in der Sonne flegelndem jungen Volk. Februar. Montag. Nachmittag. Universität. Unverkennbar; es wuselt nur so. Es hat Szenekneipen, Secondhandplattenläden, Programmkinocafés, alles, was man zum Bohemisieren so braucht.

Im Lauf des Nachmittags bin ich natürlich auch noch in die Fuggerei geraten, die berühmte Mutter aller Sozialsiedlungen. Die von dort kolportieren Mieten von 0,96 € pro Monat müssen erkauft werden mit einem Leben im Zoo, Fütterung täglich zwischen 10 und 17 Uhr. In Sterkrade, Borbek, Marl, ja, sogar Lierenfeld gibt es so was auch, allerdings von 1840, 1890 oder 1920 und nicht von 1500.

Es hat dann auch noch irgendwo einen amtlichen Dom, Name entfallen, Größe Mittel, und nicht alles, was nach Kloster aussieht, ist noch eines oder dient der theologischen Verbildung, nein, auch die bayerische Staatsregierung ist reichlich vertreten hier. Luja! Sakra!

Nun zur Kunst. Auch die gibt's. Zunächst in einem barocken Stadthaus, darinnen vormals eine Welserin verheiratet war, ein Palais mit angebautem Nonnenkloster, darinnen staatlich bayerische Madonnenschnitzer bzw. Altarmaler. Blutrünstige, vollgesoffene Pfaffen delektieren sich an allerlei Folterszenen zur Bildung und Erbauung der niederen Stände. Und natürlich auch Alte Meister, allerlei schwäbische Dynasten und Kaufherren. Ein paar Flamen, also Gemüse und Häfen. Die Neue Kunst hat ein Domizil etwas außerhalb der Stadtmitte, der planlose Bummel streifte sie nicht, es gab zwar Plakate, aber keinen Expeditionswillen. Auch der Wille zum

Personenkult stellt sich nicht ein, die Spuren B. Brechts bleiben unbeachtet.

Beachten dagegen muß man die lokale Brauerszene. Es kann allerdings nur beim Versuch bleiben, Vollständigkeit kann nicht gelingen, denn entweder ist Ruhetag oder es wurde aufgelassen oder aber die vermeintliche Brauerei ist nur noch ein Name, entpuppt sich aber als ayurvedische Regionalküche, gehoben. Ausgeschenkt wird der Hopfentrank natürlich trotzdem in zahlreichen, einladenden Lokalitäten. Als schmackhaft und bekömmlich in Erinnerung geblieben sind die Erzeugnisse der örtlichen Brauherren allemal, Namen jedoch und ihre Anzahl sind nebensächliches Detail.

Insgesamt also eine rundum angenehme, gelungene Überraschung, dieser erste Kontakt mit Augsburg. Ein so im Wohlstand schwelgendes Gemeinwesen, daß man sogar im vorstädtischen Nirgendwo funktionierende elektronische Abfahrtsanzeigen an den Bushaltestellen sich leisten kann.

Aber seltsam, seltsam, noch immer kennt man niemanden, der als Augsburger sich bekennen würde. Und erst recht hat man noch nie von jemand gehört, der dorthin gegangen wäre.

Bochum

Um es gleich vornweg zu verbraten: Eins von wahrscheinlich drei meiner ganz großen Rock'n'Roll-Erlebnisse fand in Bochum statt. Im letzten Drittel der achtziger Jahre des letzten Jahrhunderts. Bochum war seinerzeit seltsamerweise für Düsseldorfer der Post-Hof-Zeit ein Magnet. Die finstere Fraktion fuhr ins Zwischenfall, eine Kellerdisko irgendwo in der Innenstadt, und alles andere fand in der Zeche statt, da spielte damals alles, was über Kneipenlevel und unterhalb Philipshalle angesiedelt war. Essen, Duisburg, Dortmund, das kannte man nur aus dem Fernsehen, Sozialdramen im kleinen Fernsehspiel, oder in Verbindung mit den Begriffen Zechensterben und Strukturwandel. Lang her und doch nichts Neues. Und ob da wer lebte, das wußte niemand. Es war ja auch nie jemand dort gewesen, warum auch? Aber Bochum, Zeche. Fast immer im Dunkeln, also wohl meist Winter.

Üblicherweise fünf Leute, ein Auto, zwei Wege, einmal Schnellstraße, einmal durch die Stadt, die aussah wie das Fehlfarben-Cover für Arme: Bier-Reklamen, Nachttanken, irgendwo im Finstern die Zeche. Ich hab nie jemand getroffen, der gewußt hätte, wo das genau war und wie es da im Hellen ausschaute. Aber das war für uns damalige Exilanten, die sonst sogar meist in Krefeld abhingen, auch völlig egal, was zählt, is auffem Platz vulgo Bühne. Und da spielte wie gesagt alles, was gut war, bevor sie dann ins Tor 3 oder größere Läden kamen. Meist war es noch nicht mal eklig voll – und jetzt muß es mal raus, Backstage, wir haben immer mal wieder selbst dort gespielt, es war eines der ersten Backstages, wo es halbwegs sauber war und ruhig, es gab richtig Essen, und die Schlägereien waren immer an den Tagen, wo man selbst nicht vor Ort war.

Ja, und dann, nachdem man auch schon allein oder als Headliner dort gespielt hatte (fast Heimspiele, und zu Hause war es sowieso immer Mist, wir, das Publikum, die Läden), also jener magische Abend.

Wie alles zustande kam, ich hab keine Ahnung mehr.

Noch mal künstlich hinhalten … ausholen … also: zweite, dritte Single von uns war „Shake Some Action“, auf der Fortuna-Single war hinten drauf „Don't Put Me On“ live, „Teenage Head“ war auf der zwoten LP, bei uns hieß „Headed for the Texas Border“ logischerweise „Wir fahren schnell zur Grenze“, Venlo sag ich nur … im Programm hatten wir „Slow Death“ und endlos viele Stücke, die die Flaming Groovies auch gecovert hatten, im Lauf der Jahre haben wir bestimmt zehn Songs von ihnen nachgespielt. Das war – sieben Jahre nach Erscheinen ihrer letzten LP – so etwas wie eine identitätsstiftende Angelegenheit, sie waren für uns die Götter und wir ihre Propheten. Mehr zu erklären versuchen, würde jetzt in ein anderes Buch münden, Paisley Punk kann man nicht in drei Sätzen erklären. Dafür wendet euch an Bodo, Panni und die anderen von StundeX.

Egal jetzt – Bochum, Zeche, Family*5 als Vorgruppe der FLAMING GROOVIES !!!!!

Supporten hatten wir eigentlich damals schon nicht mehr nötig (es gab meist amtliche Gagen, das waren noch Zeiten, und auspfeifen lassen sollten sich doch andere …). Aber bei der Gelegenheit, da wurde die Band erst gar nicht gefragt.

Ob's da überhaupt Gage gab, weiß ich nicht mehr, wär auch egal gewesen. Das aktuelle Produkt der Groovies war die nach siebenjährigem Hiatus in Australien erschienene LP Loney / Jordan / Wilson, einer ist nicht mehr in der Band, aber EGAL! MACHEN!!!

Dann beim Soundcheck, die Garderoben sind geteilt, sehr freundliche Groovies in ihrer Hälfte, Chaos wie immer bei uns. Plötzlich von außen, Verzückung, Total Bliss wie der Angelsachse sagt, egal, ob es drei oder zwei echte sind, es ist einfach nur geil, geil, geil (um es mal mit Klopp zu sagen), und der Drummer war Paul Zahl, sonst bei einer anderen meiner damaligen Lieblingsbands, Name will nicht mehr kommen. Dann sind wir dran mit Soundcheck.

Parenthese: Bands mögen es gar nicht, wenn ihr Support ihre Stücke verunstaltet.

Und so treten wir nicht nur in ein Fettnäpfchen, sondern wir baden gleich in der Fritüre; wir spielen beim Soundcheck gleich drei oder vier Groovies-Stücke. SuperGAU. Selbstmord. Peinlich. No-No. (Wir hätten damals auch ohne Groovies dreißig oder mehr Stücke aus dem Ärmel geschüttelt als Ersatz – zu den 25 aus dem Set.)

Und was passiert? Nach und nach sehen wir vor uns, in der leeren Zeche, einen nach dem anderen Groovie auftauchen, sie sammeln sich vor Xao, kucken ganz genau, wie diese German Hicks ihre Stücke spielen. Gehn mit, wippen, recken sogar den einen oder anderen Daumen nach oben. Unglaublich, da stehen deine Vorbilder und kucken sich sozusagen ab, wie die Stücke gehen. Wahnsinn.

Konzert haben sie sich natürlich wahrscheinlich gespart, essen etc. Wir waren, glaub ich, gar nicht mal schlecht für ne deutsche Band, es war leider erschreckend leer, aber dann bei den Groovies war es einfach nur groooooßßßß, Groo??, es war, na ja, ich weiß nicht, ob ich noch alles weiß, es gab wohl schon viel Getränke; jedenfalls hab ich mich nicht getraut, die Groovies anzuquatschen. Ich kannte die Leute ja nicht.

Es hat dann nur noch schlappe 14 Jahre oder so gedauert, bis ich Bochum mal bei Tageslicht und Fiege Pils erlebt hab, komplett mit einer Kunsthalle, Kirchen von 13hundertirgendwas, Spielwarenläden mit massig Slot Racing, Backsteinrathaus in Neuer Sachlichkeit, Brauereien, Leben und leben lassen eben, ein Schauspielhaus voller Nachbarn. Alles nicht gewußt, immer nur Zeche oder, alternativ, im Vorort Langendreer im Studio, ein Bunker im Garten.

Daß man Bochum damals wegen einer Schallplatte, deren Titel die damalige alte Postleitzahl war (ja, dreistellig, haaahaaahaaa), trotz VfL, so lange nicht weiter ernstgenommen hat, vergessen und vergeben (uns).

Würzburg

Ein Fall von Augsburg kann diese Angelegenheit in ein paar Sätzen abgetan werden. Es liegt allerdings eindeutig am Weg, dieses Würzburg, für uns rheinische Tourkönige. Entweder erhascht man nach unzähligen Mainschleifen und Tunnels per Bahn einen Blick auf die Festung, oder die Autobahnbrücke gibt das Maintalpanorama frei. Wie oft in 30 Jahren läßt sich gar nicht mal mehr raten, genug jedenfalls, um einem der großen Dauerirrtümer zu erliegen.

Was man da so sieht, dieses rot-weiße, vierkantige Schloß über der Stadt, das ist nämlich mitnichten jene berühmte Residenz mit all ihrem Welterbe von Neumann bis Tiepolo, dieses Weltwunder von Treppenhaus des Barock; daß es das gibt, das liest und sieht man ja allenthalben, aber meist nur beiläufig, es wird hier und da beschrieben, erwähnt, vorausgesetzt. Und so überlagert sich das ganze eingebildete und eingebleute Zeug zu einer völlig falschen Montage, man wähnte all das Berühmt-Berüchtigte in eben dem im Vorbeifahren Gesehenen.

Daß es sich aber um zwei verschiedene Orte handelt, das brachte einfaches Lesen von Hinweisschildern an den Tag; zur Residenz wird eindeutig in die Gegenrichtung dessen, was man sah, gewiesen.

Nun, bei dieser ersten Möglichkeit, diese Stadt in Augenschein zu nehmen, sollte es, auch des noch leicht schäbigen Wetters wegen, möglichst betulich zugehen, also keine Berge erklimmen heute, laß doch Festung Festung sein und Residenz was auch immer, erst mal die Stadt vornehmen.

Es war eh eine längere Anfahrt per Straßenbahn nötig gewesen vom Parkplatz am allerletzten Stadtrand mainab. Vorbei an Bahnhof und offensichtlichem Zentrum, erkenntlich an im Kreis führendem Bahnweg und Häufung von Kirchtürmen, Kaufhäusern und „Durchfahrt verboten"-Schildern. Paar Stationen zugeben, dann kann man bequem per Rückwärtserkundung sich wieder dem abendlichen Hauptquartier nähern. Sobald sich die Nachkriegsgegenden zu sehr mit 80er-Jahre-Bauten und Parks vermischen, ist es Zeit auszusteigen.

Hier ist es anscheinend recht studentisch, Buchhandlungen und Cafés deuten es an, Abstecher kreuz und quer bestätigen es, allerlei Katholisches, aber ich glaub auch Geistes- und Rechtswissenschaften. Immer mal wieder Barockgedöns, Paläste und Stiftskirchen, am Markt was Gotisches, Rathaus oder Lager, ein allgemein angenehm durchmischter Eindruck. Hier läßt sich's leben, vielleicht. Es läßt sich jedenfalls alles erwerben, was es braucht.

Residenz wird auf Nachmittag verschoben, zufällig dran vorbeikommen war nicht.

Zu Mittag, im Fränkischen, da darf es durchaus wein- und fleischhaltig werden. Aus Budgetgründen scheiden einige in hübschen alten Kellern untergebrachte Verköstiger aus, die Kategorie Tagungs- und Geschäftsessen erst recht. Zufällig am Weg, in einer eigentlich recht nach Wiederaufbau aussehenden Straße, ein einladender Seiteneingang. Es sieht nach Wein aus, es gibt Fleisch, und zu alledem befindet man sich im ehemaligen Wohnhaus von, ich behaupte einfach mal, Tilmann Riemenschneider, nicht nur gotischer Weltholzschnitzer, sondern zudem in seiner Eigenschaft als ehedem Bürgermeister hierorts einst Hausherr gewesen. Nun gut, es sieht heute eher aus wie beim Griechen um die Ecke, mehr 1970 als 1470, und

Wein und Wurst entsprechen dem Budget. Aber da wußte ich noch nicht, wie es abends werden würde, und erst mal auf Nummer Sicher gehen, dafür war es ok.

Die bescheidene Weinqualität durch erhöhte Mengenzufuhr wettgemacht habend dann auf die Suche nach der vermaledeiten Residenz begeben. Und ein paar Straßen und Ekken nur, da ist sie schon. Kein Wunder, hat man da nie was von können sehen, liegt zwar auf einem erhöhten Ort, vom Main weg, aber durch die hohe Bebauung immer im toten Winkel. Das hat bestimmt dem Fürstbischof nicht gefallen, wie ihm seine barocken Untertanen, Mitbürger, Handelsherren und Stadtadligen die Aussicht auf seine Besitztümer zugebaut haben. Es sieht auch nicht viel beeindruckender aus, als wenn man aus einer Seitenstraße auf den Vatikan zukommt, alles eher auf Luftaufnahme ausgerichtet. Sehr weitblickend, diese Baumeister.

Innen dann das weltberühmte Treppenhaus, nun ja, eine Baustelle. Fresken verhüllt, Geländer mit Bauholz verkleidet, kann passieren auf Reisen. Trotzdem, nicht übel; kann man bestimmt mit dem Moped locker in den zweiten Stock hochfahren. Ansonsten Museum, logisch, wie immer schöne Innenräume, Möbel, Öfen etc., Alte Meister und so was, man müßte wieder diese gottverdammte Recherchemaschine anwerfen, aber zu was? Kann ja machen, wer mir jetzt eins reinwürgen will.

Ein Jahr später, bei ungleich schönerem Wetter, die zweite Hitzewelle des Jahres, Gelegenheit, die Eindrücke zu verifizieren. Stimmt, Innenstadt ist ok, gibt alles, was man sucht, sogar unsere CD, viel Studentenwesen, bißchen was zu lesen, Lokale auch ausreichend einladend. Gut. Und nun? Es ist noch nicht mal Mittag. Am Markt, ein gotischer Turm birgt eine Gedenkstätte, mangels Stasi in dieser Gegend gilt sie der Bombennacht, in der auch hier kurz vor Kriegsende 45 noch die Gerechtigkeit schnell zugeschlagen hat. Ein Stadtmodell von vorher läßt einen schön Vergleiche ziehen; fast alles, was groß und alt ist hier, ist eigentlich ein Neubau von 1960. Wenn ich mich recht erinnere, war diese Gedenke sogar angenehm wenig wehleidig, hier wußte scheint's jemand, wer angefangen hatte.

Viel länger, als es zu schreiben, dauert so ein Besuch ja nicht, ein kleiner Raum in einem schönen Turm. Also wieder die Frage: Was tun?

Hunger, wieder oder immer noch, also mal über den Main, da nagt noch so eine vage Erinnerung an einfachere Etablissements. Es geht also über die Fußgängerbrücke über den Main, früher die einzige Verbindung von hüben nach drüben und zurück.

Im Fluß eine Mühle, am andern Ende ein Brückenhaus. Neuzeitliche Gastronomie in beiden. Alles in allem irre laut der Bach, es rauscht auch die Schleuse in der obligaten Staustufe ganz schön. Dafür von der Nordsee bis zum Schwarzen Meer alles schiffbar. Hier auf der Brücke sieht man auch, wie viele Fremde, Touristen hier sind. Und weit links und rechts an den Ufern erkennt man anhand von Industrie- und Wohngebieten, daß das auch als ganz nette Fast-Großstadt durchgehen kann.

Jetzt also die andere Seite, am Fuße dieser falschen Residenz von Marienfeste. Hier unten ist das meiste geschlossen oder Chinese, dann geh ich doch mal da rauf – Wetter top, Zeit satt – also natürlich nicht direkt, da müßt ich ja wieder ein Stück zurückgehen. Wenn es hinter mir links auf direktem Weg nach oben geht, dann komm ich doch geradeaus und dann immer rechts am Berg lang bestimmt auch dahin. Theoretisch richtig. Allerdings nicht berücksichtigend die Grundlagen des Festungswesens: wenn's vorne steil und nah ist, ist's hinten weeeeiiiiit und nicht ganz so steil, möglichst mit einem Nebenhügel.

Zuerst jedenfalls ist es sehr erfrischend, die Villenpraxen und Siedlungshäuser hinter sich zu lassen und einfach rechts ab in die Weinwirtschaftswege sich zu schlagen. Rechts ragt senkrecht eine Felswand von immerhin wenn nicht noch mehr auf, in die hier und da Mauern und Türme eingebaut sind. Von Stadt ist weit und breit nichts mehr zu sehen, ob der sengenden Sonne (es weist sich einmal mehr, wo Wein, da heiß) wandeln einen so langsam Zweifel an der Sinnhaftigkeit dieses Unterfangens an. So muß es einstmals hoffnungsvollen Bestürmern dieser Feste ergangen sein. Diese Wirtschaftswege führen auch, scheint es, nirgends hin, rechts nur Fels, voraus Wein; dann Treppen, aufwärts, gar lustig wird es wohl sein, hier sein Spritzbesteck raufzuschleppen (gegen die Schädlinge, bittschön) als Leibeigener der staatlichen Weingüter. Der Treppe folgend, dem Schwitzen frönend, kurzatmig, zumal auch von Festung nun nichts mehr zu sehen ist, die Frage: Zurück? – Niemals! Aber vielleicht einfach vorbei? – Nicht nötig; mit einem Mal eine Art Gerätemagazin, Parkverwaltung? Nein, die staatsweinguteigene Logistik hat sich die Topographie zunutze gemacht, eine wesentlich als Plateau sich gebende Fläche wurde bebaut mit Lagerhaus und Straße, richtig mit Namen, und schon siedelt auch der Einfamilienhäusler im Gelände; Gärten und Hecken, Bushaltestelle gar, es soll doch wohl auch die Stadt wieder erreichbar sein, irgendwann.

Kaum so gedacht, taucht aus dem Vorgarteneinerlei ragendes Gemäuer auf, Torbogen, Gräben, Brücken, Busparkplatz. Ecke umrunden, Turm und Mauer, gepflasterter Hof, rotweißes Geviert, Sandstein und Verputz, Hinweis- und Erläuterungstafeln, Museen, Toiletten, Gastronomie. Drinnen ist es schön kühl, in die Schießscharten könnte man der Länge nach Särge stellen, so dick sind die Wände hier. Im Museum zeigt man teils Alte Meister, auch besagten Riemenschneider und seine Madonnen, viel was andres schnitzte man ja kaum, und viel Wehrtechnik, Stand 16. Jahrhundert, der übliche Ritterschnickschnack, und dann auf sie mit Kartätschen, da hat sich der Blechmann arg gewundert.

Endlich auch eine Brotzeit, Mittag ist lang schon vorbei, bald ist Load-in, aber erst mal auf herrlicher Terrasse verschnaufen, Wein sehen und trinken, weit überm Tal, dem Fluß, Fleisch verzehren, mal wieder.

Nach Wiederherstellung der minimalen körperlichen Leistungsfähigkeit eine letzte Runde durchs Festungsareal, Brunnen, Türme, Restaurierungsverlauf inspizieren. Dann den offiziellen Weg bergab, innert Minuten wieder am Fuße des Hügels angelangt, den Fluß überqueren, im Kaufhaus dringende Sockenkäufe tätigen, auf dem Markt, nein, leider kein Verweilen, es wird das nächste Weinfest just morgen beginnen, heut ist noch Aufbau.

Die Straßenbahn ermöglicht dann sogar noch die Teilnahme am Soundcheck, relativ gut erholt.

Irgendeine

Wichtig ist, bei den kleinen Gleisnummern rausgehen. In der verratzten Vorhalle schlagen Herrn Mehdorns verzweifelte Versuche fehl, mittels großzügiger Verteilung von Netzen und Nägeln gegen die Scheiße anzustinken, die er so verursacht hat. Die wenigen noch funktionierenden Zellen des Herrn Sommer und seiner diversen Nachfolger stehen neben einem Pressesupermarkt, das immer noch Wichtigste, was einen Bahnhof von Weltniveau auszeichnet, und ein paar vergammelten, vor ein, zwei Jahren mal aufgehübschten Verkaufsstellen des Backreichs des Bösen (obwohl der ehemalige Großbäcker ja heutzutage Fabrikfisch brät und das Backen an die Nudel abgegeben hat). Sollte man hungrig sein, Obacht: Belegte Brötchen gibt's wie weltweit auch hier nur aufgeweicht, mit genormtem, braungewordenem Salat, die Folien um Buletten und Sandwiches sind beschlagen. Etwas weiter in der Halle vertrockneter, auf Nudelholzdicke geschrumpfter bleicher Döner, am nächsten Stand schwimmen labbrige Nudeln in pampiger Soße, irgend etwas Überbackenes mit aufgeweichter Kruste noch, und womöglich noch ein Brezel-, Crêpes- oder Waffelbäcker, frisch immerhin, aber wenig und teuer.

Vom Bahnhofsvorplatz (Europaplatz, Bismarckplatz, Kanzlerplatz usw.) aus ist es eigentlich völlig egal, ob man links, rechts oder geradeaus geht, Plattenbauten – bzw. was man dafür halten könnte – säumen den Platz und die von ihm wegführenden Straßen. An den Reklamen läßt sich nicht ausmachen, wo man sich befindet, seit der Fernsehbiererfindung gibt es alles überall.

Je nach Uhrzeit ist die Anzahl der Fußgänger und ihre Aufteilung nach Gruppen unterschiedlich; mal dominieren die Stadt verlassende Angestellte, mal schulschwänzende Jugendliche, wenn man viel Pech hat, ist grad Spieltag oder Weihnachtsmarkt. Allerdings fällt dann die Drogenindustrie nicht so auf.

Man entfernt sich von den stadtplanerischen Verbrechen der letzten 50 Jahre und erreicht die ehedem protzige Bahnhofsstraße aus der Gründerzeit. Daran erinnern höchstens noch zwei oder drei inzwischen generalsanierte, zu Büro- und Geschäftshäusern umgewidmete großbürgerliche Fassadenreste, an denen aber genau wie an den aus der Wiederaufbauzeit stammenden Legosteinhäusern längst die Werbung von T-irgendwas, MäcMist und T€uroshop hängt. Die mal geplanten besseren Zeiten hat diese Gegend nie erlebt. Und da war's noch gold.

Da man fremd ist, nicht wirklich weiß, wohin, werden die öffentlichen Verkehrsmittel nicht genutzt, es bleibt beim Wandern. Die Endhaltestellen der vorbeifahrenden Busse tragen bedenkliche Namen, und vom Bahnhof kommt man ja gerade selbst. Das Fahrtziel „Zur geilen Kneipe" sucht man wie immer vergebens.

Die bisher vorherrschende Farbe der Gebäude ist jenes plastikbausatz-hellgelb oder lichtgrau des Kalksandsteins, den man in der Nachkriegszeit so bequem in Raster zwingen konnte (abgesehen von den fast schwarzen, düsteren Backsteinvillen), darin dunkles Glas, ob von Dreck oder 90er-Jahre-Sanierung, bleibt offen.

Die breiten Straßen lassen Italiener ob des in Deutschland zu findenden Platzes neidisch werden (hätt ma ihnen ihre Städte besser auch mal wegbombardiert …), der mittlerweile kaum noch fließende Verkehr erlaubt es inzwischen, sie gefahrlos jederzeit zu überqueren, auch ohne Unterführungen. Das war vor 30 Jahren noch anders, da konnte in deutschen Innenstädten niemand eine Straße queren, ohne erst einen Antrag auf Ampelschaltung bei der zuständigen Ordnungsbehörde eingereicht zu haben. Oder er nutzte die praktischen Unterführungen, wo es so schön nach Pisse stank und der Weg immer der sechsfachen Straßenbreite entsprach, man kam nie an, wo man hinwollte.

Ein paar Seitenstraßen weiter breitet sich jetzt linker- oder rechterhand eine grüne Lunge, eine Oase in der Stadt, eine Erholungsmöglichkeit für Alt und Jung, kurz, die überwucherten, in Park verwandelten Reste einer ehemaligen Befestigungsanlage. Ein grünlich-brauner Tümpel, ein paar Enten und so Zeugs, Kinderwägen und so Zeugs, schnell durch.

Jetzt werden die Straßen enger, die Farbe der Häuser ändert sich, der früher für diese Gegend typische rote Sandstein oder schwarze Granit oder Backstein oder was auch immer prägt jedenfalls immer mehr das Bild.

Je nachdem, wann der letzte Umbau erfolgte, wann der letzte Eigentümer sein Familienunternehmen verkauft hat, sind etliche Häuser dieser im Krieg fast komplett zerstörten Stadt mehr oder weniger gelungen oder originalgetreu (Modellbahn) wiederhergestellt. Die Benetton- und Görtz-Filialen sind mal in einem spätgotischen Kaufmannshaus mit Spitzgiebel, mal in einem Barockpalais untergebracht. Man kann schwer entscheiden, ob es grausiger ist, wenn die Ladengeschäfte im Erdgeschoß durchgängige Glasfronten haben oder Kleinteiligkeit Atmosphäre vortäuschen soll. Im Innern jedenfalls ist es wurscht, es wurde sowieso spätestens 1995 ein Beton-Innenkubus eingezogen, drei bis vier Stockwerke White Cube für Klamotten.

Ausreißer zwischen all diesen dekorativen Wandverkleidungen gibt es auch. Hier und da, wo mal die alliierten Bomber oder der Faulschwamm gar nix mehr übriggelassen haben, da gibt es mal ein ambitioniertes, mitunter sogar gelungenes Beispiel neuer Architektur; mal nicht einfach nur Glas und Alu auf einen Schuhkarton gepappt, sondern mit Material, Struktur, Gliederung etwas halbwegs Eigenständiges geschaffen, das trotzdem, weil es nicht so tut, als ob alt, zur Umgebung paßt.

Einige Häuserzeilen hier in der Altstadt verfügen über Arkaden, in deren Ladenlokalen sich der eine oder andere Systemgastronom eingenistet hat, da ist selbst bei Schnee und Regen Terrassenbetrieb gewährleistet: Unter rotglühenden Gasgranaten labt sich die entliftete Pelzhändlersgattin an einer Morgenlatte Matschiado mit Aloearoma, ihr neuestes Spielzeug, zwei- oder vierbeinig, immer dabei; der neueste Skandal bei den Freunden wird erörtert, ein Prosetscho geschlürft. Im grellbunt renovierten Nebenhaus machen sich derweil bei Gola und Burger die Nachwuchsgrauslichkeiten den Hof.

An einer Ecke ein eher unspektakulär wirkendes Haus, sichtlich alt, aus der Blütezeit der Stadt stammend, durch anscheinend nur ein Wunder sowohl den Bombern als auch den Investoren entgangen, von den Stadtbränden und der Franzosenzeit ganz zu schweigen; dies Haus läßt sich besuchen, Spuren eines Großen Sohnes, einer weltwichtigen Besucherin sind sichtbar: Hinterlassenschaften, Devotionalien, Werke. Und wunderschöne Räume, nie umgebaut, herrliche Decken, Wände, Fenster. Angefüllt mit Mobiliar, das, wenn es nicht original, doch authentisch ist; am schönsten sind die Öfen. Und man ist heilfroh, daß bei uns der Strom aus der Dose kommt und nicht erst im Generator gebacken werden muß.

Etwas weiter – die Fußgängerzone wuchert, die angeblichen Lieferanten fahren einem über die Füße, Radfahrer rammen einem den Lenker in die Rippen und meckern dann auch noch – eines der Wahrzeichen: Markt mit Rathaus und Patrizierhäusern, überragt vom Dom, diesem nie ganz fertiggewordenen Ausdruck frommer Angeberei. Hochgotik, Spätrenaissance, Frühbarock zeugen vom einstigen Reichtum dieser an einem uralten Handelsweg zwischen Hü und Hott gelegenen Gegend. Daneben und dahinter weitere Kirchen (diese Pfaffen haben immer Kohle gehabt), Klöster, Reste ältester Stadtmauern, Wehrgänge, irgendwo noch ein römisches Wohnklo oder ein Swingerclub aus der Keltenzeit. Dann runter zum Fluß, der hier recht unbeachtet dahinfließt. Es müffelt zu dieser Jahreszeit etwas, das letzte Hochwasser kam, wie schon in den vergangenen 2000 Jahren jedes Jahr, mal wieder völlig überraschend, die Spuren konnten noch nicht alle beseitigt werden, und die Beihilfen sind schon verballert.

Hunger und Durst werden immer stärker; etwas anderes als Kaffee und Fernsehbier sollte es schon sein, aber leider sind alle Lokale entweder Reiseführerstation, Haubenküche, haben Ruhetag, Betriebsferien oder Renovierung, öffnen erst in einer Stunde, haben grad vor zehn Minuten geschlossen, sind brechend voll oder gähnend leer oder chinesisch, griechisch, italienisch (nichts dagegen, zu Hause geht man gern dahin, aber hier???). Es hat auch keinen Sinn, in immer kleineren, abseits gelegenen Straßen zu suchen, dort findet sich meist bloß Leerstand oder nächtlicher Szenetreff.

Rettung bietet die örtliche Brauerei, aus deren Küche durchgehend warm und deftig zum frisch Gezapften aufgetragen wird. Hier läßt man sich mit einer Zeitung nieder, entspannt, sättigt, löscht. Wenn dann die Kreativfuzzis aus den umliegenden Agenturen und die ehemaligen Mittelständler, Meister, Kaufleute vom Stammtisch eintreffen, dann sollte man es gut sein lassen und Schicht machen.

Es wird sowieso langsam Zeit, die Pflicht ruft. Zum Einkaufen reicht die Kohle eh nicht, außerdem: mit Modellautos oder

Schallplatten beladen durch die Gegend ziehen, diese Schlepperei – bis man mal wieder heimkommt, geht noch alles kaputt. Schade, denn gerade hier hat es ein bekanntes Spezialgeschäft, aber dummerweise sind weder Name noch Adresse gemerkt worden.

Zum Glück muß man nicht mehr zum Bahnhof zurück, heute hat es Hotel, und wo das ist, wissen inzwischen die Andern.

Die Suche nach dem zweitangesagtesten Laden der Stadt gestaltet sich dann relativ einfach, so viele Ausfallstraßen und ehemalige Industriegebiete gibt es ja nicht; für jede andre Veranstaltung dort wurde großzügig plakatiert, die Adresse läßt sich also leicht ermitteln.

Bus, Bahn, Laufen, Taxi? Egal, die Schleckers, Kampse, H&Ms, Saturns, Aldis, Plusse, Strausse, Starbucks, Burger Kings beherrschen noch eine Weile auch die neueren Stadtviertel, dann wird's finster, dann Backstage.

Berlin

SO36
Kippis Büro
Keller beim Zensor
Bierhalle?????x?¿¢¿¿x£??
Excess
Neue Welt Hasenheide
KOB
Potsdamer Straße, Kino, ?????x?¿¢¿¿x£??
Villa Kreuzberg
Tempodrom Zelt
Waldbühne Wuhlheide
Deutschlandhalle im CCC
Kantine Mensa Stasi Arbeitsamt?????x?¿¢¿¿x£??
Volksbühne
Big Eden
Tempodrom Beton
Frannz Club
Postbahnhof
Ostbahnhof
Admiralspalast

Das war mein Weg durch Berlin, 1979 – heute. Mehr?
Meiste Konzerte: Volksbühne.
Über alles andere schweigt des Sängers Höflichkeit.

Tuttlingen

Die Gedankengänge von Veranstaltern sind manchmal unergründlich, und so wird es auch eines der ewigen Geheimnisse bleiben, warum nach einem Konzert um drei Uhr morgens es unbedingt die Absteige in 25 km Entfernung vom Veranstaltungsort sein muß. Der Preis kann's nicht sein, es lagen ja mindestens zwei Automatencontainerhotels am Weg, fette Provisionen kann der Vermieter garantiert auch nicht zahlen, selbst bei dem Frühstück nicht. Aber darum soll's jetzt gar nicht gehen, man reist ja diesmal im rollenden Hotel, da ist man morgens schön fit am neuen Ort. Außer …

Und dann gibt es auch noch mitdenkende Veranstalter, die wissen zwar, sie können morgens noch kein Frühstück reichen, und der Sanitärbereich entspricht auch nicht dem internationalen Wellness-Niveau, aber da gibt es ja Alternativen. Und so landet man dann zum Beispiel bei strahlender Morgensonne auf dem Parkplatz eines Hühnergasthofs „Landpalast" oder so ähnlich, irgendwo am Rande einer Bundesstraße.

Also erst mal den Wellnessraum aufsuchen, die vertragsgegenständliche Dusche nutzen, als erster am besten, den Dreck von womöglich zwei, drei Auftritten wegspülen, Haare waschen, rasieren, dann gepflegt entschlacken. Man möchte wirklich nicht beschreiben, wie es auf engstem Raum auch ohne Zwang, Terror und Menschenrechtsverletzungen abgehen kann. Und alles freiwillig. Schwamm drüber, im wörtlichen Sinne.

Gegend: alles sehr mittelgebirgig, irgendwo im Schwäbischen, Alp oder Jura, wer weiß das noch? Da ich die Pläne im Bus nie lese (mir doch egal, ich steig ein, steig wieder aus und spiele …), ergibt erst eine Nachfrage beim Bus-Chef, daß das Tagesziel schon fast erreicht ist.

Der Name des Hotels ist Programm, es wird lautest gekräht, und Eier gibt's auch. Die Großwetterlage ist stabil, das strahlende Wetter bleibt wohl noch bis zur Tourpause. Das Abhängen beim Frühstück geht in die übliche Phase sinnfreien Blödelns und Kampfrauchens über, Kartenspiel droht sogar so früh am Tag; es gilt, Reißaus zu nehmen. Tschau, ich verpiß mich, wir sehen uns nachher beim Soundcheck.

Die Bundesstraße hält nur einen Hinweis bereit, nämlich in welche Richtung es nicht geht. Ein Blick auf einen Busfahrplan und die richtige Straßenseite ist ermittelt; sind doch eine ganze Latte von Bedarfshaltepunkten bis Tuttlingen. Immerhin, sollte es zu mühsam werden, alle halbe Stunde geht ein Bus.

Also mal ein Geländemarsch. Es hügelt allenthalben, Felder sind bestellt, Wälder begrenzen die Sicht, Landwirte haben ihre Festungen am Straßenrand errichtet, Viehzucht scheint's, es stinkt, und angebaut werden wohl Futtermittel (oder Biokraftstoff?), schweres Gerät wird gewartet, wie beim Bund; so wird jetzt tapfer verteidigt.

Da die Richtung, na ja, grob festliegt, einfach mal ein wenig abseits der Straße, ins Gelände. Die Hauptstraße führt wohl auch gradwegs an einer Mülldeponie vorbei, wenn ich die Schilder richtig deute. Etwas Wegähnliches führt durch Wiesen zum Wald, eine Kuppe wird passiert – und Ruhe; nichts mehr von der Straße zu sehen, kaum noch zu hören, ein Rauschen nur.

Schön hier. Alles so nett grün, das müssen wohl die landwirtschaftlichen Produkte sein, diese Pflanzen, die hier so wachsen. Herrlich. Und da vorn, da sieht es doch nach einem Weg in die richtige Richtung aus. Nur noch am Hochspannungsmast vorbei, da, das Braune da, das muß der Wald sein, Bäume, einer wie der andere und doch alle verschieden. Wie die Menschen. Ohhh. Muß man auch nicht wissen, wie die heißen, aber es tut gut, sie zu sehen (die Bäume). Und dort, ein Parkplatz, ein Plan: etliche Rundwanderungen werden angeboten. Aber ich will nicht rund, ich muß gerade. Da muß wohl improvisiert werden, wenn die Straße da lang ging, der Weg dort und dieser hier, dann sollte ich ungefähr hier wieder …

Beruhigend: Die Wanderwegmarkierungen stammen alle von den Tuttlinger Wanderkumpels. Beunruhigend: Alle Ziel- oder Zeitangaben vermeiden das Wort „Tuttlingen“ peinlichst. Fliegende Wesen, das müssen wohl Vögel sein, machen sich währenddessen lustig. Heben ein Riesengeschrei an, wenn man mal stehen bleibt. Sonst: ruhig hier. Kein Mensch. Auch der Parkplatz vorhin war ganz leer. Aber ich hab keine Lust, jetzt 90 Minuten zu irgendeiner Sowiesomühle zu latschen, um dann festzustellen, daß es plötzlich vier Stunden bis Tuttlingen sind. Andererseits, zurück zur Mülldeponie will ich auch nicht. Ich weiß, daß ich glaube, daß es eher mal nach rechts abgehen sollte, aber es kommt und kommt kein Weg. Wenigstens kann man hier im Gehen SMS schreiben, ohne daß man jemand anrempelt oder unters Auto gerät. Egal, der Vormittag neigt sich dem Ende zu, der Sonnenstand ist da ganz eindeutig und kennt keinen Spaß, jetzt muß es wohl doch zurückgehen, oder?

Bessere Idee! Von oben am Hang kreuzt eine Spur der Verwüstung; eine mit brutaler Gewalt geschlagene Schneise zieht sich pfeilgrad nach unten. Und da muß ich eigentlich hin. Es ist wohl gerade Baumernte, allüberall frische Holzstapel. Der Waldwirt oder seine Dienstleister haben sich gewaltsam

Durchgang verschafft, die Ernte einzufahren. Jedenfalls hat vor nicht allzu langer Zeit ein Fahrzeug mit bestimmt doppeltmannshohen Reifen hier gewütet. Irgendwohin müssen die doch gefahren sein, und runter ist richtiger als rauf – also mal dies als Weg versuchen. Da es schon länger nicht geregnet hat, ist auch nicht mit Matsch und Schlamm zu rechnen.

Jetzt also noch mehr von diesen Bäumen ringsumher, bedrohlich nahe. Außer den Spuren keine Markierungen mehr, klar. Und siehe da, nach geschätzten Minuten, Stunden jedenfalls nicht, die Spur der Verwüstung kreuzt einen richtigen Weg. Dumm nur, daß der parallel zum oben verlassenen verläuft und somit auch nicht ans Ziel führt. Egal, lieber hier zurück, es ist ja zumindest nicht derselbe Weg. Nach zwei Kilometern dann wieder Hinweise, hinter dem Tierheim (die Absperrungen schauen eher nach Versuchen aus) läßt sich die Landstraße ahnen, die Richtung korrigieren; so daneben lag das alles gar nicht. Es tauchen Häuser auf, verdichten sich zur vermutlich „Waldsiedlung“ genannten Bebauung, die Straße wird breiter. Immer noch ruhig hier, noch nicht mal jemand, der komisch kuckt.

Das bewohnte Randgebiet weicht jetzt der Gewerbezone, hier in Schwaben, da geht noch was, die Bundesstraße wird zur Umfahrung, Autobahn soll erreichbar sein, Brücken, Über- und Unterführungen, zu Fuß wird man ganz narrisch. Dann die Paläste und Hütten der Automeile, Audi und Daimler gegen Hyundai und Peugeot. Da sollte die Stadt bald gefunden sein, also noch eine kurze Rast bei den Motorradfreunden Tuttlingen, lecker Bierchen, gar nicht teuer. Dann ab nach Stadt.

Ging ganz schnell, genauso schnell wie die Umrundung und Durchkreuzung derselben. Ein Raster aus vier oder fünf Straßen in jede Richtung, alles merkwürdig neu ausschauend, nicht unbedingt nach Stadtplanern und Bombern. Geschätzte

150 Jahre. Damit lag ich zwar leicht daneben, aber an irgendeinem Turm oder Lagerhaus gab es die Erklärung zu lesen: dieses Gebäude aus der Zeit um 15hundertirgendwas habe als einziges den großen Brand 1804 überstanden. Der Rest: platt, investorenreif. Da baut sich dann der Schwabe seine Stadt natürlich nach neuesten Erkenntnissen der Aufklärung als Schachbrett wieder auf. Und logisch, hat's dann der Ami noch mal flachgelegt, und das Wirtschaftswunder dann auch.

Die Kollegen im Bus hab ich dann übrigens noch auf einem Irrweg bei ihrer Suche nach dem Laden gesehen, dem ich schon längst einen Vorabbesuch abgestattet hatte, die vorzügliche schwäbische Gastlichkeit genießend.

Am nächsten Tag dann ausnahmsweise mal kurze Wege, auf der Fahrt nach Freiburg Halt am Titisee eingelegt, Hüte gekauft, Radfahrer des Dopings überführt, schon mittags unangenehm aufgefallen im Rudel.

Wie gut, daß wir uns nicht kennen.

Salzburg

Ein beträchtlicher Teil dieser kleinen Betrachtungen erblickte das Licht der Welt im Sommer in Salzburg. Drei Wochen Salzburg sogar – besorgte Wiener Bekanntschaften waren voller Mitleid. Auch aus dem unmittelbarsten Umfeld wurde erkennbar: Salzburg ist nicht cool. Da gibt es ein Imageproblem. Touristen, Kitsch, Provinz, Festspiele, Promis, das waren die meistgehörten Warnungen.

Hat man den Bahnhof verlassen, findet man aber erst mal einen Vorplatz, der eher nach Mönchengladbach oder DDR ausschaut, Plattenbau, Bunker, so in der Art. Und Berge mitten in der Stadt und ein Fluß.

Erkunden der Altstadt ist dann doch erst einmal Pflicht. Erstaunlich, als wie schmuddelig sich die meisten Fassaden in dieser Hochburg des Japanerdurchschleusens erweisen. Hier werden fast alle Häuser von einem bräunlichen Film überzogen, der eher nach Ruhrgebiet ca. 1975 aussieht als nach Kugelkitsch und Zopfidylle. Die Gebäude wurden bis ins 19. Jahrhundert wahrscheinlich ganz ungeniert dem jeweils modernen Geschmack und Bedarf angepaßt, im 20. sind wohl an den meisten Betonstabilisierungen vorgenommen worden; jetzt bergen ihre Erdgeschosse Ladenlokale, das internationale Konglomerat der Kinderarbeitsanbieter und chinesischen Spielzeugvergifter, Fast Food, Franchiser, Modeketten. Dem Ambiente verdankt sich wohl das Überleben einiger Traditionsgasthäuser, der Klientel die Häufung von Trachtenmodegeschäften. Gott der Gerechte, wenn das alles ist, das muß mich ja nicht stören, das sieht ja in jedem Nordseehafen schlimmer aus.

Marschiert man durch diese Straßen, besichtigt die Museen und Kirchen, das ist leider wirklich schön. Da hilft nix. Das ist schon blöd, daß die meisten sogenannten Touristenfallen ja an den schönsten Gegenden dieser Welt sind. Man wundert sich. Andrerseits: so furchtbar voll ist die Stadt ja gar nicht, und Italienern gönnt man ihre Ferien doch gerne, Japaner bin ich ja nun wirklich gewohnt, und auch dem Araber auf Schnapsurlaub sei das Vergnügen gewährt.

Es gibt darüber hinaus ausgesprochen nette und nützliche Dinge zu entdecken, zum Beispiel die Bäckerei bei der Wassermühle, wo sie ihr selbstgemahlenes Mehl zu köstlichstem Brot verbacken, im Feuer, und das seit 400 Jahren oder so. Das Wasser für die Mühle übrigens schicken sie schon genauso lang quer durch den Berg, Tunnel, aus irgendwelchen Belagerungsgründen.

Wo ich beim Belagern bin, fast hätte ich drauf vergessen: Oben auf einem der Berge sitzt seit 1000 Jahren, ganz klar, die namensgebende Festung. In der Nähe gab es Salz; Schutzgeld ist ja nicht erst 1960 erfunden worden.

Auch dort oben großartig, man kommt zwar außer Atem an, klettert man, statt Bahn zu fahren, aber es gibt was zu sehen, zu essen, zu trinken. Ausblick ganz famos, Rundumsicht, nach vorn die sich unten an den Fels kuschelnde Stadt, das Juwel und Erbe, im Mittelgrund, am Salzachufer, die Eisenbahnlinie, das neue Heizwerk, Parkhäuser, Wohnsilos, Europacenter, Stadion, Messe, es wuchert vom Berg weg in Richtung Deutschland. This is the Modern World. In die andere Richtung ist es grüner, Parklandschaft, Universität, Sportplätze, die südliche Vorstadt etwas entfernter, noch mal Gewerbe und was dazugehört. Wenn das Wetter mitspielt, eröffnet sich in diese Richtung das majestätische Alpenpanorama. Wie klein ist doch der Mensch, daß er eine Seilbahn bauen muß und Mobilfunkmasten dort oben.

So denken wir uns das jetzt weiter, wir haben ja Zeit, es kann nicht nur geschrieben werden, erkunden also auch die Stadtteile auf der anderen Seite, ein verkleinertes Abbild der Altstadt, aber was heißt Altstadt, das ist ja beides gleich alt. Wir besteigen Hügel mit Klöstern und Restaurants mit Aussicht.

Oder wir besuchen mal die Brauereien, deren ich drei gefunden habe. Oder das Salzburger Autoparadies. Das ist ein historisches Parkhaus, geschätzt 1930er Jahre, mit zwei Parkebenen, gebaut wie ein Wohnhaus an einer Straßenecke, und einem Hof mit bestimmt 100 Garagen, wie die Ställe auf einer Reitbahn. Ich bin einfach mit dem Fahrrad aufs Parkdeck rauf. In einer Ecke steht bestimmt schon seit 1965 ein BMW 502, der Barockengel, wie passend, auf platten Reifen, unter Staub und Schmand teilweise schon geplatzter Lack, Chrom porös, Zustand 3 – 4. Im Innenraum die Polster sehen gut aus, und am Armaturenbrett noch ein ESSO-Männchen-Aufkleber. Da ist doch wohl jemand vor seiner Zeit dahingeschieden.

Eine Ebene höher präsentieren sich ein 59er Cadillac und ein TR4 ganz anders: von schicken Abdecktüchern geschützt, poliert, bereit zur Ausfahrt. Unverhüllt noch ein B-Rekord und ähnliche Gebrauchsfahrzeuge; die fielen schon auf unter den modernen Wagen, da höchstens ein Fünftel aller Stellplätze belegt waren. Man mag gar nicht spekulieren, was in den verschlossenen Garagen steht.

Ein paar Meter von hier an einer Kreuzung wieder das Oberleitungsgewirr der O-Bus-Linien. Salzburg, nicht nur das Düsseldorf von Linz, sondern auch das Schaffhausen von Solingen, den beiden anderen O-Bus-Städten, die ich kenne.

Salzburg: Über dieser Stadt liegt Angst. Zumindest dann, wenn in zwei Wochen die FESTSPIELE beginnen. Mit jedem Tag werden die Salzburger nervöser. Sie tun so, als ginge es sie nichts an. Auf allen Plätzen baut der ORF seine Wagenburgen auf. Jeden Tag ein weiteres Bild der Buhlschaft auf einer Titelseite. Berichte und Fotos von Proben für Premieren. Die Zeitungen werden richtig fickrig. Die Spannung ist fühlbar, auch wenn man sich nicht angesprochen fühlt. Aber man kann es nicht ignorieren, es sei denn, man stellt das Zeitunglesen ein, in Österreich ein Unding.

Scheiße, und ich hab meine Werbepartnergarderobe nicht dabei.

Nun denn, die örtlichen Postillen berichteten dann eines Morgens, wie es bei der fabulösen Eröffnung denn so gewesen sei, bei der ersten Premiere; die anscheinend weltberühmtesten Gäste waren die Gottschalks. Hatten wir schlicht nicht bemerkt in unserem Nest oben am Hang.

Danach ging es aber rund in den Medien, von oben bis unten, im Standard (taz & SZ für Eilige), in der Krone (bitte, bitte, nie mehr über Bild jammern in der Piefkei, das sage ich als Express-Leser), Salzburger Nachrichten (wie der Name sagt) und im Fernsehen, im 3. Programm (das ist hier der ORF), rundum, komplett durchgeknallt, als ob es in Österreich sonst keinerlei Kulturschaffen mehr gäbe. Von der Welt, die der Österreicher ja nur sehr begrenzt wahrnimmt, ganz abgesehen. Auch im Deutschen breitet sich das aus, kein Blatt kommt ohne eigene Rezensenten aus, es hat Gipfeldimensionen. Es scheint so, als definiere sich dieses ganze Bundesland Österreich über das im Hauptort seines Regierungsbezirks Salzburg – übrigens Geburtsort eines Dieter Bohlens des 18. Jahrhunderts, Erfinder einer Karieskugel – jährlich stattfindende, ja, man kann es nur so nennen, Spektakel.

Wirklich entgehen kann man dem allem nicht, das stimmt schon. Aber man ist dem auch nicht wehrlos ausgeliefert.

So ein Festival hat durchaus angenehme Begleiterscheinungen. Eröffnungen aller Art, Parallelveranstaltungen in Kunst und Krempel, Sommerakademie, drei Werkschauen der Shou-Brothers mindestens, internationale Galerien richten temporäre Räume her, Sonderschauen in allen Museen. Freigetränke. Auch profane Rockmusik wird gegeben in den wenigen ihr zugeteilten Nischen im Kneipenspektrum, nicht offiziell; zu allem Dafür gibt es immer auch ein Dagegen; ein paar Punks mischen sich sogar hier manchmal unters schicke Leben.

Auf dem
GIPFEL
ANGELA MERKEL
Die mächtigste Frau der Welt
LITERATUR-SPECIAL
ZUR MESSE: DIE WICHTIGSTEN
BÜCHER UND AUTOREN

Auf dem
GIPFEL
ANGELA MERKEL
Die mächtigste Frau der Welt

Scheißkaff

Was für ein Scheißkaff hier, noch nicht mal Starbucks und McDo, die Fußgängerzone drei mickrige Straßen, zehn Minuten für hin und her, sogar Schlecker und Aldi leisten sich das hier, dann einmal Textielsupers, Mode Sowieso, auch für die reife Dame und den starkgebauten Herrn, Radio Irgendwer, der macht bald dicht, nicht rechtzeitig auf Handyshop umgestellt, ein Balkangrill, drei DönerPizzaWokSpezialitäten, Neueröffnung, die Beschriftung konnte man sich nur am Fenster erlauben, die Markise ziert noch der Name des ursprünglichen Gewerbes, Textilreinigung und Lederwaren, ein ehemaliges Leuchtschild kündet hingegen von einer hierorts betriebenen Haushaltswarenhandlung, dann noch eine Eisdiele für die paar nachzugsberechtigten minderjährigen Angehörigen, vier PC-Shops, auch um deren Spielgeräte zu warten, und mindestens 17 Handyläden als einzige Umsatzbringer, mal von den drei Spielhallen abgesehen; die Hälfte der FuZo ist Baustelle, Telekomm, die komm nur zum Aufreißen, danach nie wieder; der Rest zugemüllt, vollgeschissen, Blumenkübel; blickt man in die offenen Tore zahlreicher Hinterhöfe, so erkennt man, daß die vorherrschende niedrige zwei- bis dreigeschossige Bebauung den Ursprüngen der Stadt als Bauerndorf geschuldet ist, teils stehen in den Höfen noch Heuwender, Pflüge und rostige Traktoren herum, eingestaubt wie die in den danebenliegenden Häusern gezeigten „Zu vermieten"-Schilder vor verstaubten Jalousien; Gardinen durch Zeitungen ersetzt hinter blinden Fenstern, nichts, was hier von Angelas Aufschwung kündete; sollte es hier einmal einen regionalen Baustil gegeben haben, ein vor Ort abgebautes Gestein, eine heimischer Neugier entstammende Farbe, so ist davon spätestens seit den sechziger Jahren nichts mehr geblieben, periodisch wird alles vom Baumarktstil runderneuert, über jedwede dörfliche Architektur stülpt er sich drüber, jahrhundertealte Bausubstanz wird Schicht um Schicht zugekleistert, mit Normbauteilen und zeitgemäßen Baustoffen wird alles genauso schön wie beim Nachbarn, die Bank gibt's gern; wird man vorm Geldautomaten nicht von marodierenden Frustglatzen angepöbelt, so wird man von frühverrenteten ehemaligen Facharbeitern des einstigen, vor langem abgewickelten Großarbeitgebers fast erschlagen beim Versuch, zwischen Bahnhof und ehemaliger Werkssiedlung, wo es kein Gebäude gibt, das älter als 100 Jahre zu sein scheint, am Fuße eines Festungshügels, der genausogut überwachsene Mülldeponie sein könnte, eine Kneipe zu finden; findet man eine, so ist sie außer an Karneval und Schützenfest so leer, daß Wirt und Stammtischgast sich drauf einigen konnten, die Hälfte der Beleuchtung auf immer einzusparen, da sie den Weg zur Toilette auch blind finden, der Anblick der vergilbten Porzellansanitärbauteile erinnerte sie auch ansonsten zu sehr an die Farbe der Gardinen und ihrer Fingernägel, mit denen sie die ebenso gelben Fritten, die einzige Beilage zum an jedem Tag der Woche gereichten Angebot: Schnitzelwoche greifen, sich ins Gesicht schieben, wo sich auf Ding und Mensch mit dem Fett der Staub der Plastikblumen vermengt, die mit den Schnitzeln gemeinsam haben, noch aus der Zeit vor den Skandalen zu stammen; man vermeidet besser solch Etablissement, sucht jedoch vergeblich nach einer Ortsmitte, trotz gegenteilig sich gebärdender Hinweisschilder, die ein Einkaufszentrum „Postgalerie" androhen, auf dem Gelände eines ehemaligen Staatsmonopolisten haben sie sich hier alle zusammengefunden, die immer gleichen Verschandeler der Vielfalt, die Billigheimer der Bekleidungsbranche, Drogeriemärkte, Lebensmittelverramscher: KiK, Takko, Drospa, Lidl, was für Namen, was für eine Sprache, und wer sich dort nicht ausreichend bedient fühlt, der kann zum Medimax seines Vertrauens wechseln, der Unterhaltungselektronik halber, ein größerer, flacherer Fernseher mit noch mehr 9.3surroundwatt als der tiefergelegte, zur rollenden Dorfdisko umgebaute Civic oder Polo zu Hause, an der Stütze vorbei mit ein paar schnellen Deals voll geil finanziert, und für den Fernseher braucht man auch nur Nachweis vom Amt, und wer will, und wer wird das schon wollen, woher die Energie nehmen, der kann sich bei einem Diskontfernreisevermittler für ein paar schöne Tage in eine Welt mit weniger restriktivem Jugendschutz absetzen, die machen das doch gerne, müssen doch ihre Familien ernähren, und wenn dann das Muttchen Geburtstag hat, dann gibt's vom Blumenmarkt ein Bukett, und potztausend – beinahe hätt' ich gesagt: wie zum Teufel kommt das hierher – ein Buchverwerter sogar, der fundamentalistische Geldwäsche- und -beschaffungsarm der Kreuzritter, nämlich Weltbild, wo man zusammen mit Gütersloh die Weltherrschaft über die Buchherstellung anstrebt, es darf nur die Top 100 ihrer Ketten geben, alles andere darf gar nicht erst hergestellt werden, und wenn doch, hier wird es dann entsorgt, als nächstes dann verbrannt, aber bis dahin: Weltbild, Volksbibel, VolksPC, Volkshandy, Volxkopierer, Volkskotze, Volkssturm – was jetzt völlig fehl am Platze wäre, wäre falsches Mitleid mit einem vielleicht einem ruinösen Verdrängungswettbewerb zum Opfer gefallenen, angestammten Qualitätseinzelhandel, denn nichts hat es hier je weniger gegeben, seit den Tagen des Kaisers schon befand sich diese Stadt im Umbruch, auf dem Weg nach unten, kein Feind wollte sich herablassen, den strategisch entwerteten Sumpf am Schnittpunkt zweier ehemaliger Handelswege zu beanspruchen, schon damals war der Versuch zum Scheitern verurteilt, aus dem Überangebot von Nichts in einer völlig reizlosen Landschaft außer Untertanen für die Armee irgend etwas Sinnvolles zu produzieren, zu weit entfernt von allen Handelswegen hätte zudem jeder Rohstoff hierhertransportiert werden müssen, die Eisenbahn blieb nicht ohne Grund eingleisig, die Autobahn ist so weit entfernt, daß auf keiner Abfahrt die Stadt angekündigt wird, keine grüne Wiese reizte einen Investor auch nur der windigsten Art, ein Einkaufsparadies wie in, und jetzt bitte einsetzen, was gefällt, hier herzusetzen, selbst einem Oberbürgermeister aus Ddorf gelänge es nicht, so einen Deppen wie sich selbst zu finden.

Warum gerade hier sich ein Kulturbahnhofsfabrikzentrum, selbsttestverwaltet, hat etablieren können, in dem einem die nettesten Leute einen begeisterten Empfang bereiten, das ist eines der großen Menschheitsrätsel.

München

Der Biergartenmythos München. Schickeria, bevor wir in D überhaupt wußten, was das ist und daß das angeblich unser Kernproblem wäre. Werfen wir also mit Steinen aus dem Glashaus.

München stellt für den rührigen rheinischen Rocknachwuchs schon immer ein Tagesanreiseproblem dar. Erklärung: Irgendwer ruft irgendwen an, man könne spielen, es gäbe Geld (zu BRD-Zeiten zwischen 300 und 3000 M), das soll natürlich nahezu ohne Abzüge gerecht verteilt werden, wenn man Glück hat, gibt's nach dem Gig ein Hotel, bei Pech Pennplätze. Wurscht – Ruhm, Ehre und Weltherrschaft winken, F. J. Strauß regiert die Wiesn, wir werden es ihm schon zeigen, auf, rauf auf die Autobahn, am Abend gibt's a Musi.

Wie oft solch ein Autobahngehetze nach Schwabing stattfand, kann ich nicht mehr wissen. Jedenfalls verbrachte man für den Anfang erst mal einen Arbeitstag in einigen Staus und erreichte die Spielstätte des Abends mit blankliegenden Nerven kurz vor Ladenschluß, etwelche vergessenen Batterien und Saiten können nicht aufgestockt werden, den Nerven geht's flugs noch schlechter. Dann das, was eigentlich Rock'n'Roll heißt: Warten. Warten. Warten. Und dann auf irgendwas warten. Let's Spend the Wait Together.

Gespielt wird man wohl haben, es gibt nämlich noch das Runterkommsaufen, den Komaschlaf, das Spätstück und die Heimfahrt. Alles vollzählig, wird wohl auch dazwischen wieder das übliche Mitlatschen mit anschließendem gescheitertem Versuch, der grad angesagten Spitzendisko einen Besuch abzustatten, gelaufen sein. Eh, super, wir gehn da immer hin … Meist sah der Türsteher das anders, alles, was für irgendeinen der Beteiligten in der Luft gelegen haben mochte, endete unrühmlich, im besten Fall mit einer Taxifahrt ins Bett.

Das war dann München. Manchmal, wenn die Staus mal woanders stattfanden oder jemand aus privaten Gründen dazu drängte, ausnahmsweise früher in München einzulaufen, wichtige Bavariatermine etwa, dann konnte man sich vielleicht für zwei Stunden in Schwabing umschauen, aber viel weiter als einen stadtauswärtig anmutenden Abschnitt der Maximilian- oder Leopold- oder Wieauchimmer-König-Straße konnte man jedenfalls nicht erkunden, dazu reichte einfach auch die Kondition nicht.

So ging das fast 10 Jahre, jährlich einmal antreten und wieder weg. Zum Glück gab's dazwischen in Bayern immer wieder auch Superkonzerte in herrlichen Gegenden mit begeisterungsfähigen, freundlichen, ja, manchmal schon Freunden. Es lag definitiv nicht an den Bayern, dieses „München-ist-Scheiße"-Gefühl. Spielen gut, Stadt Dreck.

So sah ich das.

Aber falsch.

Das erste Erweckungserlebnis war einmal ein freier Vormittag, unüblicherweise gab es mal Zeit, es wurde kollektiv ins Deutsche Museum eingefallen. Na also, das war ja mal was, Eisenbahn, Flugzeugabteilung, und dann die Autos, Chapeau, à la Bonheur.

Das nächste Mal gab's plötzlich mal ein Essen in einer netten Eckkneipe, irgendwo im Hinterland der Kö-für-Arme-Straße, gutbürgerlich, lecker Bier, lecker Braten, lecker wir.

Ein anderes Mal die Gelegenheit zu einem Halbtagsausflug,

und sieh da, seltsam, das ist ja eine richtige Stadt, mit Straßenbahnen, Altstadt, Gassen, Kneipen und dann auch noch Weißwurst zum Bier.

Seitdem ist der innere Widerwille gebrochen. Nach München, da komm ich immer wieder gern.

Für kurze Zeit.

Ja, das sind so die Wirkungen der falschen Drogen auf das schreibende Bewußtsein. Man darf einer Bierstadt nicht unter Weißwein nahezukommen suchen. Weil, du mußt wissen, an München ist, auf Bier betrachtet, das Nachtleben, die Erreichbarkeit und vor allem der bisher noch gar nicht geschmähte FCB immer noch Scheiße. Aber nach ein paar Besuchen des Isarufers, diverser Brauhäuser inklusive Weißwurstfrühstück, allerlei Pinakotheken, Turmbesteigungen im Schnee, dem Abwandern diverser Tore, dem Auslassen von Weihnachtsmärkten und Oktoberfesten, da muß man sogar zugeben, daß selbst die Marienkirche aus der Nähe, von der Straße aus betrachtet, ein eigentlich zauberhaftes Ausstattungsdetail einer, nun, wie soll ich sagen, ganz okayen? okehen? angenehmen? Stadt ist. – Aber es soll ja nicht in Anschleimerei ausarten, so doll seid's auch wieder nicht …

Gute Bands, das muß man festhalten, hat es außer den Moulinettes in München wirklich nie gegeben, und wenn's naß und kalt ist, dann schmerzt es schon. Aber sobald der Schnee von Sonne bestrahlt wird, da schämt man sich nicht, am falschen, also richtigen Isarufer zu bedauern, nie eine Modellbahn betrieben zu haben. Hätte man mit Mehl und den Nürnberger Bausätzen bestimmt ganz toll hingekriegt.

Ach ja, das mit dem FCB, das muß man als historisch Halbbeleckter eigentlich auch noch mal überdenken, das war ja angeblich vor dem Krieg der feldherrenhallenfernste der örtlichen Sportklubs. Arbeiterklub kann ja aber auch so ein irregeleiteter Mythos sein, das A der tausendjährigen Großen Koalition kam ja nicht von ungefähr. Was die Jahre seit 1965 nicht erträglicher macht – aber einfach, wenn man wo draufhauen möchte.

Heim		Gast
7	:	1

PS: Es gibt sogar angenehme Gebrauchtplattenläden mit fairen Preisen.

A Quarter Grand Tour

Jetzt wird sich mal etwas weiter aus dem Fenster gelehnt.

Der Zielgruppe mag es vielleicht nicht so geläufig sein, aber wenn man wie ich in Künstlerkreisen verkehrt, weiß man, es gibt für die im Betrieb Rotierenden gewisse, periodisch wiederkehrende Pflichttermine. Das ist so wie bei uns Autoren, da gibt es die jährlichen Buchmessen und Literaturfeste; in der Musik soll es auch so zugehen, Festivals, Festspiele, Messen.

In der Kunstwelt hat es sich so ergeben, daß alle 10 Jahre einmal vier der größten dieser Massenauftriebe sich zeitlich überschneiden: Venedig, Basel, Kassel und Münster.

Nun ist es mit dieser Kunstbesucherei aber nicht so, wie man meinen sollte. Da ist es nicht damit getan, eine Veranstaltung seiner Wahl zu ermitteln, hinzugehen, Eintritt zu entrichten, zu konsumieren und gut ist. Nein, das ist ja nur fürs Fußvolk, für Steuerzahler und Subventionierer. Zuerst einmal mußt du eingeladen werden! Kunstmarkt ist: der veröffentlichte Beginn einer Ausstellung ist gar nichts, am Tag davor ist die Eröffnung, das ist Pflicht; davor gibt's die Preview, da sollte man wen kennen, und wenn es ganz groß ist, dann ist davor noch eine Voreröffnung, womöglich mit Bankett, ja, da ist man wichtig.

Wichtig ist nicht, wer was macht, sondern was kauft. Oder mal was gekauft hat oder so tut, als könnte er mal was kaufen, oder auch nur so aussieht. Hat man sich diesen Habitus mal zugelegt, egal, ob durch Drogenhandel, Steuerhinterziehung,

Fondsmanagement, Artconsulting oder Museumsleitung, dann ist man wichtig.

Und weil wichtige Leute es brauchen, für wichtig gehalten zu werden, gibt es an Kunstereignissen offizielle Wichtigmacher. Ein Beispiel für das Transitiv / Intransitiv-Problem, sie machen nicht sich selbst, sondern andere wichtig.

Höchster vorstellbarer Grad der Wichtigkeit ist es, alle vier obengenannten Ereignisse zu besuchen an der jeweils ultimativen Preprepreview. Das nennt der weltläufige bekennende Kunstkarussellfahrer dann die „Grand Tour".

Und es begab sich also zu der Zeit, daß ein jeder sich schätzen lassen sollte, und so ging auch meine kleine Kapelle wieder mal auf Reisen. Wie wenn man dem Zufall nachgeholfen hätte, die Gefährtin, des Karussells eigentlich überdrüssig, konnte ins Deutsche gelockt werden. Es rumorte gerade heftig im Kulturkreis der Heimat, Unwichtige schwangen sich zu Wichtigmachern auf, Deuter wurden zu Unbedeutenden; besser hinaus in die Welt, abschalten. Wie nett, daß durch geschicktes Kombinieren einiger Bahnfahrten Konzerte am Abend, Kunst am Tage möglich wurden. Auch mir war es recht so, war ich doch dann zum einen des Anblicks der Kollegen ledig, und gemeinsam rennt es sich noch angenehmer durch Kunst. Es lassen sich auch immer wieder nette Leute treffen, die man sonst selten sieht.

Man erspare mir, dem Leser und auch dem Lektorat die bis zum Erbrechen durchgekaute Abrechnung mit Kassel; es hatte zwar einige nette Passagen im Konzept (ein Beispiel: … Da nun aber die Großdeutschen alles hatten in Schutt und Asche legen lassen, blieb ihren Rechtsnachfolgern, die ja das alles nicht wissen konnten, nur übrig, Paläste wiederherzustellen, Hütten durch Ziegel- und später Betonklötze zu ersetzen …), aber da Kassel auch nicht schlimmer als Stuttgart ist, geht es jetzt lieber so weiter:

Alle fünf Jahre fallen plötzlich die Millionäre in Kassel ein. Für ein langes Eröffnungsspektakel geben sich sämtliche Geldwäscher beider Hemisphären ein Stelldichein, Documenta, die wunderbare Geldvermehrungsmaschine, steuermindernd, glamourös zudem; die Kriminellen sind schon lang über das Stadium der Fahndungsfotos und schamhaft verdeckten Gesichter hinaus, sie zieren mit Stolz die Klatschspalten, nennen sich Geschäftsmann, Industrieller, Oligarch, Investor und so weiter. So sie nicht selbst auftauchen, sind es ihre Gatten, Kinder, Erben. Es gibt das alles auch mit Binnen-I, für die Korrekten. Gut, manche betreiben nach wie vor Sportsponsoring oder sind im Filmgeschäft, aber die können auch nicht lesen und schreiben.

Nun ist die Documenta gar keine Kunstmesse. Ursprünglich ging es darum, den 1000 Jahre vor entarteter Kunst geschützten, unschuldigen Opfern der Bomber ein post-totalitäres Denken nahezubringen, zu dem eben auch die Beschäftigung mit Kunst hilfreich beitragen kann. Damals hatten sie so viele Züge verpaßt, da ging es erst mal nur darum nachzuholen. Im Lauf der Jahre überholten sie dann irgendwann einmal; von da an wurde es immer mehr zu einer Leistungsschau zeitgenössischer Kunst, eine Art Olympische Spiele der Künstler, überraschende Leistungsexplosionen punktgenau zum wichtigsten Saisonereignis keine Seltenheit, geheime Karteien beim Dopingdoktor. Man geht als Außenseiter und armer Schlucker dorthin, und nach ein bißchen Firlefanz, Bäume pflanzen, Honig schmieren, Nichts zeigen, ist man zwar immer noch arm, aber die Anzüge sind von Armani; Kompensationsgeschäfte. Die Galeristen rufen danach aufgrund des neuen Status' als Documentasieger riesige Summen auf. Auf die sie dann den armen Sammlern ebenso riesige Rabatte einräumen, die dem Künstler von seinem Anteil abgezogen werden; das nur nebenbei.

Die Künstler selbst sind in diesem Spiel, bei dem sie in schlechte Kreise geraten können, so lustig wie eh und je, intrigieren, sabotieren, neiden; aber die Party geht weiter, so als Typ, da sind auch die ärgsten Dealer voll ok, du, echt. Die Kunstvermittler deuten derweil Müll zu Gold, entdecken junge Talente schon im Kindergarten; die Galeristen überbieten sich mit ihren Documentakünstlern, wer hat die meisten, den teuersten, den Längsten. Und zeichnen schon Verträge mit potentiellen Künstlern im Mutterleib.

Dem Fußvolk machen sie alle gemeinsam weis, es ginge um Gute gegen Schlechte. Dabei ist da genauso eine Freunderlwirtschaft, wie woanders auch. Logisch ist der Kurator nicht des Leiters Erbfeind, läßt sich niemand beraten von Leuten, die er nicht ausstehen kann, schlägt niemand seinen ärgsten Feind, Nebenbuhler, Unfallgegner, Banknachbarn vor. Ist doch ganz normal, geht uns doch allen so. Ist ja auch kein Sozialamt oder Gericht. Es gibt kein Menschenrecht auf Documentateilnahme.

Meine erste Documenta also. Mit persönlichem PIN-Code, aber nur halbwichtig; während die Gefährtin für Tag Eins und Zwei legitimiert war, langte es für mich nur zu Tag Zwei.

Schon im Bahnhof: Kunst – und vor allem Logos, an Bahn, Bau, Mann und Frau. Vor dem Fridericianum eine Stimmung fast wie am Rosenmontag, kurz bevor dr Zoch kütt. Leider ohne Bierstände, zum Glück ohne Musik. Das Kartenabgreifen war ein Klacks, nix PIN.

Eine Klammer eröffnend: Verfolgte man das Kulturwesen auch nur ein wenig, ab Ende Mai spätestens war das Docuthema schon fast antik. Die schreibende Zunft hatte sich größtenteils geeinigt auf „kritische Berichterstattung“, sich eingeschossen auf die geheimniskrämerisch sich gebärdende Ausstellungsleitung; diesmal sollte es nicht „die größte aller Zeiten“ werden (das Kokettieren mit dem unausgesprochenen „beste“ – ach ja, verziehen), andererseits wurde viel von Köchen, Gärtnern und provisorischen Hallen gemunkelt; es wurde trotzdem – oder gerade darum – allerlei theoretischer Humbug verbreitet. Und einer schrieb brav vom andern ab. Klammer schließend.

Für eine Inhaltsübersicht oder gar Wertung ist hier kein Raum, es fehlt der geschulte Betrachter, und viel zu spät ist es sowieso, alles wieder vorbei.

Der erste Weg führte durch den Park zur temporären Ausstellungshalle, vorab schon viel diskutiert. Ich hatte so etwas erwartet wie ein Containerdorf oder die Abfertigungshalle nach dem Flughafenbrand seinerzeit in Düsseldorf. Aber das sah hier eher nach Gartenparty aus, Wimbledon oder Rochusclub. Eine Zeltkonstruktion, weder groß noch unförmig, noch den Park verunstaltend. Durchaus ein Gebilde, daß man mal ein paar Monate auf eine Wiese stellen kann. Und keine Gefahr der latenten Permanenz, wie sie anderen Provisorien so oft zu eigen ist. Innen zwar arg dunkel; da hatte man zu optimistisch auf die Leuchtkraft der hessischen Sommersonne spekuliert, Mitte Juni regnet es aber nun mal fast immer. In der Tat ein Ort, an dem zeitgenössische Kunst gezeigt werden kann, da braucht keiner provokant Pappkartons in protzige Architektur einzubauen, um kritisch zu sein.

Für einen unbedarften Deppen wie mich, der sich bei Kunst nicht übermäßig viel denkt, der einfach gern schaut (nein, schön sein muß es nicht, man muß es sich auch durchaus nicht an die Wand hängen können, aber die Ergebnisse eines „Projekts“ im Gemeinschaftskundekurs einer Mittelstufenschulklasse läßt man besser im Klassenzimmer, und wer zum Filmemachen zu doof ist oder vom Saufen zu zittrige Hände für eine ruhige Kamera hat, ist deshalb noch lange kein Künstler), für mich war das einfach nur eine Ausstellung unter vielen, größer als die meisten, stimmt, keine Preisschilder wie bei Messen, eher ein Museum. Angenehm die Art und Weise, etliche Künstler mit mehreren Arbeiten zu präsentieren, die in der ganzen Ausstellung wieder auftauchten. Gut: nicht lustig bei den zwei grauslichen Malern aus Leipzig oder Südamerika, bei anderen aus New York oder Südafrika sehr gut. Oder bei der Frau, die die Wiener Pappedeckelkleber 25 Jahre vorweggenommen hat. Da freut man sich jedesmal wieder, wenn man etwas sieht. Ebenfalls sehr gute Arbeiten aus Afrika; das Boot schwimmt garantiert doch, trotz Löchern, alles leichtes Plastik. Ostblock eher so na ja, China dito. Und jeder anwesende Künstler wurde von mindestens einem Kamerateam begleitet – oder auch bewacht, je nachdem.

Was ich verdrängt hatte, war, dies war ja nur ein Zelt, die erste Station des Kunstkreuzweges, es gab ja noch viele Spielstellen in der Stadt. Und schon jetzt nagte der Hunger, nach nur einem Ort. Unglaublich übrigens, mit was sich die Leute abspeisen lassen, jetzt wörtlich aufs Essen gemünzt. Wenn es nur schick ist, Bio heißt und Asia ausschaut, dann darf es auch mal kalt aus der Mikrowelle kommen und neun Oironen kosten.

Im zentralen Hauptbau, dem ehemaligen Schloß, wurde es voller, enger, mehr Menschen. Nicht mehr so abwechslungsreich, pro Raum nur eine oder zwei Positionen (wie wir in der Szene sagen); ich erinnere seltsamerweise eher die langweiligen, keine Namen, zuviel der Ehre. Wer weltberühmt in Wien ist, hinterläßt auch hier mal ein Tüpfelchen.

Mir war es dann sogar vergönnt, zwar nicht Beuys beim erklärenden Rundgang mit Dürers Hasen zu erleben, aber dafür Roger M. Er führte scheint's eine Ladung Privatjetreisende und Museumsgroßkopfeten und erklärte mit zierlichen Bewegungen recht grobgestrickte Kunst.

Ganz grobe Kunst, vor allem groß und schwer, gab es im „Documentahalle" genannten Bunkerbau. Einen nachgebauten Sattelschlepper etwa, eine Wohnlandschaft, beides machte Spaß, dann die eigentlich besser verschwiegene unsägliche, na ja, das Tier eben. Groß hat ja den Vorteil, es geht schön schnell. Zum Glück gab es keine oder wenig Videos (gilt für die gesamte Ausstellung).

Letzte Station vor der Abreise – für alles andere reichte die Zeit nicht; dabeisein ist alles – war dann das Museum, in dem normalerweise Portraits hessischer Duodez-Fürsten hängen, Waldecker Kleinmeister, unbedeutendere niederländische Landschaften, alles, was eine ehemalige Residenzstadt all ihren Friedrichs, Wilhelms und Augusts so verdankt.

Für die Documenta wurde das alles weggeräumt, für Neue Kunst, Neue Weltkunst fast; es kam mir jedenfalls so vor, als wenn Schwellenländer hier stärker vertreten gewesen wären. Alles konnte ich nicht erkennen, es war finster, schummrige Lampen, gedeckte Farben an den Wänden, waldgrün, laubbraun, zinnoberrot, gewitterblaugrau.

Da hatte die Kunst jetzt mal was zu tun, da mußte gekämpft werden, da konnte sie sich nicht im weißen Würfel bequem zurücklehnen. Zumindest flirrte es mir nicht so vor den Augen.

Ziemlich erledigt dann doch, besser zum Bahnhof, eigentlich war schon Soundcheck. Wir hofften einfach mal auf ausnahmsweise pünktliche Züge. Nicht, daß man die Kunst schon völlig abhaken konnte, konditioniert entdeckte man noch allerlei Außenraumarbeiten. Wobei mir hier so richtig auffiel, daß da etwas nicht geklappt hat. In den Ankündigungen war doch immer vom großartigen, symbolträchtigen, riesigen, kritischen Mohnfeld die Rede. Hier war nur eine mickrige Wiese der Selbstkritik.

Am nächsten Tag übrigens in den Zeitungen gelesen – das nur wieder mal eingeschoben – wir waren knapp einem Unwetter über Kassel entkommen, welches eine Müllhalde aus dem Abfallholzturm des Ai Waiwai gemacht hatte. Zum Vergnügen des Künstlers, wie man las. Auch das Reisfeld im Park Wilhelmshöhe ist zwischenzeitlich den Bach bzw. Hang runter, hat man noch gehört. Und die berühmt-berüchtigten 1001 Chinesen waren auch nicht auf einen Schlag da, die 20 der ersten Partie tobten in Kassel gerade im Saturn oder bei KiK rum … ich führe das jetzt nicht weiter, Ironie der …

Wetzlar

Potztausend, das nennt man Ruhm. Erkannt worden in der Fußgängerzone, in der Reichskammergerichtsstadt Wetzlar. Selbige ist so klein, daß sich aus einer versprengten Busbesatzung zwangsläufig alle halbe Stunde einige über den Weg laufen müssen. Die Sportfraktion hatte ich zum Freibad geschickt, andere besorgten ihre Besorgungen, der Rest hing wohl wieder ab.

Die alte Stadt ist schnell umrundet und durchquert, wunderschöne Fachwerkhäuser, enge, steile Straßen, fast nur für Fußgänger gut, in den meisten Häusern gehobener Einzelhandel, Hinweise auf große Geschichte, Freie und Reichsstadt, noch mehr Fachwerk, Bürgergotik oder so, anscheinend konnte man hier die Werra immer schon gut überqueren und gleichzeitig den Weg gut verteidigen. Ein wehrhafter Hügel, auf dessen Spitze ein seltsamer Dom hockt, so eine Art Wolpertinger des Kathedralenbauwesens. Da war bestimmt das Baukomitee dauernd pleite, und wenn wieder mal Kohle zum Weiterbauen da war, so alle 100 Jahre, dann wurde aber jeweils nach der neuesten Mode gebaut. Und immer schön mit dem gerade modernen Stein, egal, welche Farben man beim letzten Mal benutzt hatte.

Hinunter zum Fluß. Die Werra teilt sich hier in einige Arme und Ärmchen auf, Mühlbäche und womöglich Nebenflüsse, Stromschnellen, eine Kanutenleiter (so wie für die Lachse an den Staustufen). Das alles flankiert von Park und Gärten, alles voller Rosen (das einzige Buntzeug, das ich erkenne), im Wasser Fische und Vögel, Hühner wahrscheinlich; nach einer halben Stunde wird auch das langweilig.

Auf der anderen Seite, erreichbar über eine schmale steinerne Brücke, die Neustadt, Billigfußgängerzone, Discounter und Telefonläden; auf der Suche nach Lesestoff nichts zu finden, keine Kneipen, nur Imbisse, leerstehende Gewerbeflächen, Baustelle. Außen herum Umgehungsstraße.

Am Fluß entlang zurück. Wenn schon langweilen, dann doch bei schöner Aussicht. Wieder in der Altstadt, doch noch bei einem Buchhändler was gefunden, aber immer noch so früh, also Frühschoppen. Herrlich einladend, umgeben von Fachwerkkulisse – Grimm, Spitzweg und Konsorten lassen grüßen – über der Gabelung zweier steil abfallender Straßen ragt eine Gastterrasse. Die Tafel preist Äppler an, in der Schank sind Gerippte zu sehen. Ei, ei, da gibt's ja auch schon das Stöffsche. Also, nichtmehrganzsojunge Frau, her damit. Erst mal einen gegen den Durst. Dann einen zum Gewöhnen. Und ab jetzt einfach wegen lecker.

An dieser exponierten Lage im Herzen der Stadt gesellt sich ganz schnell der eine oder andere Reisebegleiter dazu, läßt sich aufs Stöffsche anfixen; allerdings müssen sie den ersten auch schon selbst bezahlen, wir sind doch hier nicht vor dem Schulhof.

Das ist das Schöne, wenn man in Hessen ist, der Äppler, auch wo man ihn gar nicht erwartet hatte. Der macht vor allem nicht so eine träge Wamme wie Bier und ist erdiger als Wein.

Jetzt den Frühschoppen beenden, die Kollegen zum Bus begleiten, vielleicht auch mal ne Runde DVD kucken, um diese Zeit sind vielleicht die Gemetzelanhänger nicht da.

Aber vorher steht uns plötzlich ein Kugelmattenmonster im Weg, fragt nach unserer Identität, ob wir wirklich wir sind, sehr höflich, bittet uns, einen Augenblick zu warten, er müsse nur mal schnell ums Eck, was holen. Minuten später ist er wieder zurück, entpuppt sich als Plattenfreak, der uns unsere gesammelten Scheiben zu unterschreiben bittet. (Na also, geht doch. Sonst müssen wir immer bis nach dem Konzert warten, daß sich die Leute sicher sind, daß wir es auch tatsächlich sind.) Der nette Mensch erwähnt dann noch, daß er hier grad um die Ecke ein Café betreibe, irgendwas mit „Vinyl". Danach freundliches Bedanken und Verabschieden.

Nun ist dieses Wetzlar, jedenfalls ohne die Anlagen seiner optischen Industrie, die immer im Tal sichtbar sind, wirklich recht klein, selbst mit Museumsbesuch (nein, das Reichskammergerichtsmuseum war es nicht und auch nicht das, wo Herr Göthe, der Ficker, gefickt hat) und mit Abliegen im Bus ist es gerade mal drei Uhr oder so. Selbst wenn ich aus Langeweile, und um die Sänger nicht immer wegen ihres leichten Geräts als faule Säue erscheinen zu lassen, als Alibi eine Fußtrommel oder eine Baßbox trüge, es gäb immer noch so viel Zeit zu erschlagen. – Also noch mal raus, neue Runde drehen. Ist ja nicht so, als wenn es nicht schön wäre, auch wettertechnisch. Warum nicht mal dieses Café suchen von dem Typ vorhin? Das war doch direkt hier vorn, glaub ich. Rischtisch, da ist es ja.

Drin ist es schön leer, so soll es um die Zeit sein, nicht zu viel arbeitslose Hänger wie unsereins in der Stadt, daß die schon die Kneipen füllen. Auch zu andern Zeiten ist es mir übrigens am liebsten, wenn eine Kneipe nicht zu voll ist; das mag dem Wirt zwar nicht schmecken, aber der soll sich ja nicht wohlfühlen, sondern ich. Kann seinen Umsatz ja an den Tagen machen, wo ich nicht da bin. Und eine vernünftige Theke, mit Fußstütze und ausreichend Platz, daß man der Bedienung nicht im Weg ist.

So, wieder anschweifen, an die Theke also, und unser Mann ist tatsächlich hinter selbiger zugange, und es findet sich an der Wand außer der benötigten Schnapskapazität ein wirklich reichhaltig bestücktes Plattenregal, auch richtige Plattenspieler hat er, die er auch gerade bedient, es sieht überhaupt so aus, wie es schon immer in richtigen Musikkneipen ausschaute. Keine CDs hier, der Name ist echt Programm.

Nach der Autogrammaktion vorhin braucht man jetzt natürlich nicht so zu tun, als ob das alles Zufall wäre; es wird dann vorgespielt, geplaudert, bißchen angegeben mit Raritäten. Es stellt sich heraus, daß der junge Mann, als er noch ein solcher war, in Düsseldorf seine Heimat hatte, in einer Parallelwelt lebend, gemeinsame Bekannte hat man eher vom Wegschauen, Kneipen kennt man lieber nur vom Namen. Dann hat es ihn irgendwann zusammen mit seiner charmanten Frau dazu getrieben, in Wetzlar eine Kneipe zu eröffnen, auf daß der Sänger ihres Vertrauens bei ihnen einkehre, sich erfrischen zu lassen.

Bier ist heut auch nicht das Richtige, und vor lauter LPs ist mir gar nicht aufgefallen, daß im Gläserregal nicht nur das übliche Sortiment zu finden ist, sondern eben auch hier: Gerippte. Und wo Gerippte, da Äppler. Ei Scheff, dann aber mal her damit. Und dann gibt es aber wirklich ein herrliches Stöffsche, Bio-Äppler vom Bauern, leicht trüb, erfrischend moussierend, mild im Abgang, aber mit der geilen Säure, die einem die Wangen zusammenzieht. Prost, Prost, Alain. Da kann der Fernsehäppler in der Früh aber einpacken.

Doch nicht genug mit dieser angenehmen Überraschung. Vor dem Gang zum Pott macht mich der freundliche Gastherr noch auf eine Besonderheit seiner Deko aufmerksam, die mir bisher entgangen ist. Den Schalke-Altar über dem Fernseher hab ich ja schon gesehen und auch tröstende Worte gefunden; für mich als einen mit zwei Extrem-Schalkern Reisenden schon Routine, hatten wir doch just vor Tourbeginn nach der letzten Probe gemeinsam im Kreise der Düsseldorfer Schalker die Pein von Dortmund erleiden und dann viel trinken müssen. Aber ist ja eine ganz andere Geschichte … nicht wirklich soooo erwähnenswert jedenfalls, das gibt es ja öfter mal, jeder Verein hat irgendwo in der Diaspora seine Kathedrale. Nein, das wirklich Sehenswerte hier, das ist die „Pure Freude“-Gedächtniswand. Da hat man sich zwar nicht getroffen, aber an gleicher Stelle in der Stadt mit Platten eingedeckt, sein Schwerverdientes in Warenwert getauscht. An dieser Wand, da gibt es gerahmte Plastiktüten, noch die blau-weißen mit dem Oehlen-Logo, und andere Andenken, Singles, Flyer, Gedöns. Hatte ich schon beinahe vergessen, den alten Laden in der Derendorfer, Carmen, Stoya, Krause. Ich muß zwar die Scheiben auch alle paar Jahre mal rumschleppen, aber daß jemand auch die Verpackungen und so was in die neue Heimat mitnimmt, nein, das war aber schon herzallerliebst und rührend.

Als Künstler nimmt man es natürlich wohlwollend zur Kenntnis, wenn der Wirt samt Familie und Stammgästen schon vorab Karten erworben hat. Allerdings ist das auch verunsichernd; ein so netter Nachmittag, das weckt eventuell falsche Erwartungen, und wenn einer die Getränke schon von Berufs wegen mitgezählt hat …

(Es floß übrigens Bargeld, allerdings wurde mir ein guter Preis gemacht. Dieser Beitrag wurde Ihnen nicht vom Vinylclub präsentiert.)

Zürich wie Z

Schockschwerenot, da ahnt man nix Böses, also nichts neues Böses, es ist ja alles schon schlimm genug, kurz und gut, da setzen einen ganz unvermittelt die freundlichen Verleger mit einer ganz blöden Ankündigung unter Druck. Als ob ich eine alphabetische Katalogabarbeitung versprochen hätte.

Auf solch unerwartete Erwartungen reagiert der am Punk geschulte Sachbearbeiter ja in der Regel mit Bruch, Umgehung, Ausflucht, Terminverschiebung.

Aber sie haben Zürich angekündigt, wollen Zürich, sollen sie doch Zürich kriegen:

Der allererste Züricheindruck wurde überschattet von durch unfitte Karre verursachter Mietwagensuche irgendwo im Gebiet zwischen A6, A7 und A8, also zwischen Schwaben und Franken. Regnerisch war's natürlich auch. Selbst schuld, wenn man als Bandbus immer wieder die 3-Monatsklasse aussucht (noch drei Monate TÜV, kostet aber nur 200 oder so). Aber so konnte man mal vergleichen: anstelle von Schweiß-, Kippen- und Biermief des Trommlermobils der uns völlig unbekannte Neuwagengeruch. Und plötzlich konnte man schnell fahren, und leise war's auch noch.

Es wurde natürlich mal wieder unglaublich spät bis zur Ankunft (Soundcheck mußte, glaub ich, ausfallen), der Reichtum der Schweiz wurde beim Catering offenbar, im „Rote Fabrik" genannten alternativen Veranstaltungszentrum wurden Imbisse gereicht, wie sonst nur an Feiertagen gewohnt, und die amtlichste Gage der damals bekannten Welt war's wohl auch noch. Ist inzwischen alles verjährt, und ich hab's sowieso immer versteuert. Schwierige Umstände jedenfalls haben uns anscheinend immer beflügelt, es wurde seeehhr spät.

Wie es halt so geht: am nächsten Morgen keine Ahnung, wo man so ist, topographisch gesehn. Die erste Überprüfung ergibt keine Absonderlichkeiten, Bett nur man selbst, Klamotten auf dem Stuhl, Bad sauber, draußen hell, nur die üblichen Abschürfungen und Prellungen brennen etwas beim Baden oder Duschen. Allzuviel Zeit bleibt nicht, in ca. 2 Stunden wird der verpennte Rest langsam aufbruchsfertig sein. Einkaufen fällt flach, weil Sonntag. Also vielleicht was Vernünftiges anschauen. Vielleicht ins berühmte Verkehrshaus. Wer fragt, hat Angst, also stellt es sich erst im Verlauf des weiteren Vormittags heraus, beim zufälligen Auffinden des Bahnhofs samt daran befindlicher großformatiger farbiger Aufforderung der zuständigen schweizerischen Behörden, eben dieses berühmte Verkehrshaus zu besuchen, nebst wohlfeilster Lockangebote, dies unter Benutzung der federführenden Schweizerischen Bundesbahnen zu tun, stellt es sich also heraus, hat man doch Luzern – oder was auch immer – mit Zürich verwechselt.

Kann passieren, ein normaler Rennunfall.

Eine zu dem Zeitpunkt noch unerfüllte und, wie sich dann zeigen sollte, gegenseitige, private Verstrickung läßt am Bahnhof kurz darüber spekulieren, die Band sitzen zu lassen, sich mit der zufällig grad abfahrenden Regionalbahn auf Verdacht in die nahegelegene Grenzstadt zu verfügen, vielleicht läuft man sich ja zufällig über den Weg (bei Gefallen könnte man flugs erkranken für ein paar Tage) – auch das wäre längst verjährt.

Das hat dann alles noch mal gedauert und soll auch nicht weiter verfolgt werden, jedenfalls war generell die Verwirrung da, die Verwirrung, sie war so groß wie die der Väter, die all die kleinen Dinge, die sie am Vortag …

In so einem Zustand sehen eigentlich alle Städte wie Köln aus.

Magdeburg

Entschuldigung, unbekannterweise, liebe Bürgerinnen und Bürger von Magdeburg. Ich habe zwar bisher nie etwas Böses über Sie und Ihre Stadt öffentlich gemacht, aber im kleinen Kreis, hui hui hui, da hab ich ganz schön abgeledert. Jetzt jedoch führt mir die milde Nachsicht den Stift, Sommerfreude nachgerade.

So hätte ich beginnen mögen. Weitergegangen wäre es dann folgendermaßen:

An einem träg dem Umkippen nahen Kanal, inmitten eines halb aufgelassenen Industriegebiets, gegenüber einer gigantischen Holzverarbeitung – ein von freundlichen alternativen Kampfhundhaltern betriebenes autonomes Musikzentrum. Obwohl wir vor der angemeldeten Zeit eintreffen, wird zuvorkommendst ein hervorragendes Frühstück bereitet. Allerdings dämpft die gerade tobende Hitzewelle den Appetit gewaltig. Es gibt kaum Luft zum Atmen, im Bus wäre es wegen Klimaanlage zwar kalt, aber dafür nicht frisch, es stinkt. Um zehn kleben die Klamotten schon feucht auf der öligen Haut; ausgerechnet heute keine Dusche. Am Kanal ist es auch nicht kühler, es stinkt ölig-faulig, das lädt zu nichts ein, außer: Weggehen. Dazu ist es eigentlich zu heiß, die ganzen Tage schon, Wasser statt Bier, das geht doch nicht. Aber wir sind hier so eindeutig im Nirgendwo, das halte ich nicht aus.

Also doch mal aufbrechen. Dabei wollte ich hier nur meine Ruhe haben, nichts sehen, dann spielen – und weg. Ich war nämlich schon mal in Magdeburg, in der Börde.

Laut Auskunft der Einheimischen ist es bis zur Stadt „weit". So sieht es auch aus. Schon bei der Anfahrt war außer Baumärkten und Speditionshöfen nichts Belebtes zu sehen.

Am Ende der Straße – es sieht sehr nach Ende aus – fährt eine Straßenbahn. Ein erster Fußmarsch ist fällig. Scheiße, ist das heiß. Gefühl hätte mich nach rechts geleitet, zum Glück hab ich die gerade an der Haltestelle stehende Bahn verpaßt, zu heiß, und die Richtung ein Sowieso-See. Da kann die Badefraktion sich ja reinigen gehen, für heute Nacht bringt das eh nichts, aber die sind dann auch zufrieden nachher.

Samstagvormittag, die Bahnen takten noch zehnminütig, es scheint ohne Umsteigen ins Zentrum zu gehen. Sponsored by Verbund, Großgeld (20 €) kann nicht gewechselt werden; nach und nach verläßt die Bahn die grüne Wiese. Wie in jeder vernünftigen Stadt sieht es hier aus, Gebrauchtwagenhändler wechseln mit Wohnblocks, ehemaligen Industrieanlagen, Gewerbe- und Eisenbahngelände. Anhand des Linienplans erkennbar: es dauert noch.

Dann wird es erreicht, das Zentrum. Und dann ist es wieder weg. Das ist aber leicht erklärt: Eine Großbaustelle zwingt der Bahn eine Umleitung auf. Unter zweimaligem Überqueren der Elbe bekommt man eine kleine Rundfahrt zur besseren Übersicht geboten. Sehr grün und offen an der Elbe, Hafenanlagen in der Ferne, Sportplätze und Parks, alte Festungsreste. Schwarz ragt der Dom (Ein Turm? Zwei? Diese ewigen Dome und ihre Türme, ich glaube aber: einer; er wäre einfach eindrücklich ragender), wenig sonst, was ragte hier.

Andere Seite des Zentrums. Bahn verlassen. Kaum zu glauben, was ein wenig Schönwetter so ausmachen kann, dazu ein paar Töpfe Farbe, ein paar Erfolgserlebnisse, Ruhe im Umfeld. Das war doch eine als abschreckendstes Beispiel gräßlichen Rum-ostens sich ins Gedächtnis eingebrannt habende Großstadt, die aus nichts als abzuwickelnden Platten und platten

Gründerzeitresten zu bestehen schien, eine Depressionen und Widerwillen erzeugende Ausgeburt fortschrittspachtender Willkürherrschaft, die es sich nicht nehmen ließ, das Wenige, was 1000 Bomber von 1000 Jahren Reich an 1000 Jahre alten Monumenten mitteleuropäischen Kulturschaffens übriggelassen hatten, einfach per Dekret und Dynamit zu entsorgen und der Planung von Aufmarschalleen für Betriebskampfgruppen und Normwohnungen für Neue Menschen die Realisierung folgen zu lassen, Neue Achsen zu ziehen und mit den Menschen eine Lichte Zukunft kündenden, Zweck und Schönheit vereinenden Prachtbauten aus Ruinen aufzuerstehen. Zur Mahnung durften nur ein paar den Pfaffen entrissene basalt- oder rauchschwarz aufragende Denkmäler wider den imperialistischen Bombenhagel die Neue Stadt punktuell an das Vorher erinnern.

Ja, es war ein heroischer Versuch, die Verhältnisse zu ändern, indem man den Menschen ihre Umgebung zum Besseren ändert, den Fluch der selbstverschuldeten Vergangenheit als einen Aufbruch in ein gerechteres Morgen zu begreifen. Allerdings wurde dann doch nichts draus, es gab für gleichere Gleiche bessere Wohnungen, es ging sich nicht aus, das Unzerstörte unversehrt vor Verfall zu bewahren. Ah, Bollwerk im antifaschistischen Kampf, real-existierende Zeugin der Arbeiter- und Bauernmacht. Aber dann kamen die Novemberverbrecher, H. Kohl, die bärtigen Evangelen und Biermann, sie haben an meinem Abstieg, gar Absturz, ganz persönlich intschuld. Ich kann nichts dafür.
Ordungsruf! – Tschuldigung, Tonartwechsel:

In der Mittagshitze ergab ich mich nach kürzestmöglicher Überprüfung der Vollzähligkeit der stummen ottonischen Zeitzeugen dem, der so oft über mich gebieten will: dem Hunger. Labbriger Spargel, aber gutes Bier, in bester Lage, am

Markt, der einmal nicht von falscher Historie gesäumt wird, sondern auf drei Seiten von neueren Wohn- und Geschäftshäusern (so nennt sich der Stil wohl). Die dritte Front bildet dann aber doch ein gotisches Rathaus (wieder aus dem Fenster gelehnt?), wiederhergestellt, ein goldener Reiter mimt den Roland oder umgekehrt, und es ist auch nicht weit zur Elbe. Vorbei an Baustellen und Ausgrabungen. Dann ein Park, Volksbelustigung wurde aufgebaut, das ewig gleiche Wann-Tuu eines Soundchecks; Feuerwerk gäbe es am Abend auch, nichts Gutes für uns verheißend.

Die Magdeburger Entsprechung der Karl-Marx-Allee setzte mich erneut ins Staunen; Zuckerbäckerstalinismus in klein, der in ein ganz entzückendes Beispiel urbaner Leere übergeht, die 1980er Plattenbau-Ladenstraße. So hätte man sich ein Fallerhaus gewünscht: modern, gerade, kantig. Aber wahrscheinlich alles schon marode, bevor da kürzlich die Straßenbaustelle eröffnete. Dort, wo beide Welten sich gegenüberstehen, ein Ladenzentrum mit allem, was schon so oft angeprangert wurde, im reinsten 1990er Granitoprotzstil. Drinnen der übliche Mief der Food-Hall.

Ich benötige erneut Erfrischung. In einer autofreien Zone findet sich Böhmisches, Braukunst in höchster Vollendung, eine mir bisher unbekannte Marke. Es leben die alten Seilschaften. Im Schatten von Gemeindehaus und einer der allgegenwärtigen Guerickekugeln plane ich meine Aussöhnung mit dieser Stadt, bedenke, wie nett es sich doch hier sitzt, kein überladener Geschichtsschrott, kein Barock-Schnickschnack. Und alles schön flach, keine nervigen Klettereien. Und nicht so voll wie Stuttgart, nicht soviel schlechte Glasquader. Und die Einheimischen reden weder schwäbisch noch sächsisch.

So ähnlich, hatte ich mir das ausgemalt, würde diese Schilderung ausfallen, ein versöhnlicher Einschub.

Konjunktiv, bitte, Bürgerinnen und Bürger, Menschinnen und Menschen. Vergessen Sie alles bisher Gelesene, behalten Sie nur meine Ausfälligkeiten im Gedächtnis.

Diese Arschstadt entpuppt sich als genauso verschissenes Volldeppen-Scheißnazidrecksnest, wie ich es von dieser verdammten Scheißzone nie wirklich glauben wollte, aber in meinen wüstesten Angstvorstellungen immer imaginiert hatte. Es hatte schon seine Richtigkeit, diese Scheißwende zu ignorieren, außer wenn man nach Scheißberlin muß, hat das doch keine Vorteile gebracht, Nichts und Niemandem.

Ein paar hirnlose Drecksskins pöbeln unseren Soundmann an, als er vom Bad im See an der Straßenbahnhalte wartet: Ausländer raus, Scheiß-Eskimo, Fresse, Schnauze polieren, willste was … Und der sich verbal und via Körpersprache dieser Attacke zu erwehren versuchende, harmlose und liebe Mensch wird von einer vorbeifahrenden Polizeistreife beinahe wegverhaftet, muß sich einer Personalienüberprüfung unterziehen, wird von diesen verfickten Zonenbullen, die in ihrer verfickten Freizeit dem gleichen verfickten Wehrsport nachgehen wie ihre anders uniformierten Brüder im Ungeist, diese blöden Arschlöcher, von unserem Solidarzuschlag bezahlt, damit sie Menschen vor Gelichter schützen, es regt einen ja schon fast gar nicht mehr auf, es ist doch auch sonst immer noch schlimmer, als man denkt, was soll's eigentlich … Ich beende meine Sätze erst gar nicht mehr, hat doch keinen Wert. Sollen sie doch machen, was sie wollen, sollen sie doch in Berlin ein zu Recht weggesprengtes Drecksding wieder aufbauen, sollen sie doch Volkes Stimme horchen, am besten soll doch Freistaat Sachsen (ja, theoretisch bin ich noch immer in Sachsen-Anhalt, ich ereifere mich nur gerade generell) selbständig werden, sollen sie doch alle Nazis dort sein, sollen doch dort wirklich wir Ausländer alle raus gehen – dann die Grenzen dicht und mal schauen, wie so ein Biotop von Hilfsschülern und Arbeitsamtsachbearbeitern vor die Hunde geht. Und die Kroneleser aus Österreich und Vlaams Belang aus Belgien und am besten die ganze bärtige Drecks-sippschaft noch dazu; allen Sprengstoffgürtel umbinden und sollen sich gegenseitig weghauen. Und sämtliche christdemokratischen, ach nein, das geht zu weit, christfundamentalistischen Zwangsbeglücker auch noch. Weg, weg, weg – es kotzt einen nur noch an.

SINGER

SINGER

Aschaffenburg

Befeuert vom guten Weißen schwallt die Erinnerung an eine zwar naßkalte, aber letztendlich doch äußerst angenehme Verkostungsgemeinde hoch.

Erst ein böses Erwachen auf einem feuchten Parkplatz, ein angeblich ausgezeichnetes Frühstück würde einen erwarten, na ja, im Hotel hätt man lieber geschlafen statt dessen, so ein Fach im Bus ist ja ganz nett, aber ab und an fehlt einem ein richtiges Bett.

Die lieben Kollegen werden das eh bezahlte Zeugs wohl wieder mal bunkern, wenn sie dann mal aufgewacht sind, ich werde schon nichts verpassen, wenn ich mir das erspare.

Vom Parkplatz aus erspähe ich erste Anzeichen weiteren urbanen Lebens, zwar schaut's aus wie Bielefeld, aber was soll's, hoffen, irgendwo wird schon der Kälte ein warmer Hort sich entgegenstemmen. Lieber selber zahlen und dafür schmeckt's.

Aber nix is. Es wird immer trostloser. Bielefeld, ich leiste Abbitte, gebenedeit seist du unter den Wüsteneien der alten BRD.

Reue packt den verlorenen Sohn, zurück in den warmen Schoß des Gruppengefüges, das Duschzimmer geblockt, ahhh, Sauberkeit, Wohlbefinden, Zivilisation, gekachelte kleine Zimmer, in denen man sein Geschlechtsteil rausnehmen darf (so, hätten wir das auch hinter uns, platteste Plattheiten).

Erfrischt und mit neuem Optimismus aufgeladen kann

es erneut an die Erkundung der örtlichen Gegebenheiten gehen.

Ein einziger vorheriger Besuch – als privater Scholar der Rennwagenkunde – galt der großartigsten Sehenswürdigkeit, die jemals Auto-Deutschland zustande gebracht hat. 1988 / 90 muß es gewesen sein, die Rosso-Bianco-Collection stellte damals alles in den Schatten, was sich sonst so Automuseum nannte. Vor allem für uns Le-Mans-gestählte, eingefleischte Sportwagen-Enthusiasten. Da konnte selbst Donington einpacken. Nun gut, da war ich noch nie, da sind wahrscheinlich die fuchsischen Trauben, monopostotechnisch kann es wenig besseres geben, aber Sportwagen sind eben doch was anderes. Vor allem gab es hier die pure Dröhnung: nichts gestreckt mit Familienkutschen, Schnauferln, Formelwagen und Lokomotiven. Pures Adrenalin, pepsiflaschenförmige Wohlgestalt, 100000e Runden in Le Mans kumuliert, Dutzende und Dutzende WM-Titel, dazu obskure Garagistenversuche und Underdogs. Und das alles in einigen Fabrikhallen am Mainufer geparkt, dem öffentlichen Wohl für wohlfeile 10 DM zugänglich gemacht. Wir fühlten uns jedenfalls danach öffentlich wohl.

Wende, Börsenkrach, Trockenlegung von Sümpfen, Aufdeckungen, womöglich Regierungswechsel im Stadtrat, Knast, was weiß man, einfach nur die Zeit von 15 Jahren, im Hinterkopf spukt jedenfalls etwas herum, man meint, was gelesen zu haben vom Ende der Sammlung, von Auflösung, Versteigerung, Las Vegas, Emirate, Leningrad. Es geht sich ja immer gleich aus.

Die Anzahl der von der ermittelnden Staatsanwaltschaft zu beantragenden Jahre müßte in die Tausende gegangen sein, die Anzahl der zu unserem Entzücken untergestellten, umgewidmeten, überschriebenen, subventionierten Schätze betrug jenseits der 400. Eigentum verpflichtet, ein damals gern verwendeter Schlachtruf, wenn beim Oldtimerrennen wieder mal jemand seinen millionenteuren Ferrari in den Gegner versenkt hatte – und so Arbeitsplätze erhielt.

Nun denn, zurück ins feuchte Jetzt, was könnte einem also vielleicht Aschaffenburg sonst so bieten, um einen knappen Arbeitstag ohne Durchdrehen zu überstehen? Die inzwischen durchs Duschen halbwegs geklärte Birne erbrachte erst mal Klarheit bezüglich der fehlerhaften Richtungswahl am frühen Morgen, ungenügend eingebrachte Leseleistung (und so was schreibt auch noch). Unser ominöser Parkplatz befand sich natürlich auf der falschen, also falschen Seite der Bahnlinie. Deshalb also auch so gar kein Flußufer erkennbar bis dato.

Bahn glücklich gefunden, nach einem fast halbstündigen Fußmarsch auch den Bahnhof erreicht (ja, ja, drüben sieht man immer schön Stadt und Bahnhof, aber bis sich die daran entlangführende Straße mal erbarmt bzw. ihre Erbauer das mal taten, abbiegt und dann auch die Bahn quert ...), immer noch kein verlockender Frühwirt gefunden (außer dem üblichen Düsseldorfer Backverbrecher Kamps), Parkhaus um Parkhaus, dann endlich am Bahnhof. Vielleicht dehnte sich die Zeit auch wegen Öde oder Kälte?

Wie in kleinen Städten üblich eine Übersichtstafel: Stadtplan und Tourismuswerbung in einem, alles, was so für sehenswert gehalten wird, drauf verzeichnet: ein großer Park, zwei bis drei Schlösser, ein Rathaus, ein Stadtmuseum, pi, pa und auch po. Und: „Automuseum Rosso Bianco“. Sieh mal einer an! Und es war kein Montag. Sogar der ÖPNV bringt einen hin, die Linie 4711, in fünf Minuten kommt ein Bus, es gibt sogar die Haltestelle „Automuseum“, es kostet einen schlappen €irgendwas, da ist der Tag doch gerettet. – Aber das geht hier schon eindeutig zu lange, spannend machen kann ich es eh nicht: Natürlich hat der Hinterkopf Recht gehabt. Nach einer halben Stunde Busfahrt durch Vororte und Industriereste, richtige Haltestelle, alles wiedererkennbar. Aber Tor zu. Ein Zettel (immerhin), „wegen irnswas zur Zeit bis auf weiteres …“. Zustand von Zettel und Tor lassen auf längere Freiheitsstrafen schließen. Allerdings ist immer noch alles im Rosso-Bianco-Look belassen, über dem Pförtnerhäuschen hängt immer noch ein halber Ferrari-P4-Abguß in Originalgröße (zu seinen besten Zeiten hätte selbst das unter eisenbahnschienenklauenden Brüdern sechsstellige Beträge einbringen können – ungesichert, Bolzenschneider und Autoanhänger sollten genügen).

Es paßt einfach nur zum Wetter, es war von vornherein eigentlich klar, es gibt keinen Grund sich aufzuregen, das ist immer so, wenn sich ein privater Sponsor, Investor, Mäzen, was auch immer, jedenfalls, wenn es ihm gelungen ist, die Öffentlichkeit dazu zu bringen, ihm ein Stück Allgemeinheit zu überlassen, seinen Namen im öffentlichen Raum zu verwenden, dann kann beim unausweichlichen Scheitern oder sonstigem Auflösen, Erlöschen dieses Unternehmens der Name nie mehr im vom maroden Stadtsäckel nicht neu zu finanzierenden Werbe- und Infomaterial getilgt werden. All diese unsäglichen „E-Plus-Plätze“ und „Telekom-Alleen“ werden uns begleiten bis ans Ende unserer Tage, auch wenn ihre Namensgeber längst das Chinesische gesegnet haben werden und hoffentlich die federführenden Manager verknastet oder erschossen worden sind.

Ejaaal, jäz simmer scho ma do, schauer mer uns um, et is doch janz jemütlisch ehier. Bevor sich also gefrustet in den nächsten Bus geworfen wird, lieber ein bißchen wandern. Gut, der Gegenbus hat noch 20 Minuten, es ist kalt und feucht, da geht man aber besser, als zu sitzen im Freien.

Aber es ist wirklich schön hier am Mainufer, flußab Richtung Stadt, so weit kann das ja gar nicht sein. Rebhänge sind zu sehen, Ruderklubs müssen passiert werden, Frachtschiffe fahren wie auf dem Rhein, aber alles kleiner, schmaler. Anlegestellen der weißen Flotte, wie auch immer die hier heißt, Gastronomieschiffe, Biergärten. Im Sommer muß hier vor lauter Lieblichkeit die Hölle sein. Zum Glück ist es Übergangszeit.

Nach einer knappen Dreiviertelstunde (Inkongruenzen mit den zuvor gemachten Angaben bzgl. Bus erkläre, wer will) ein, zwei Brücken, und vor dem Blick, nur knapp über dem Ufer, so scheint es, liegt ein wirklich imposanter Komplex aus rotem Sandstein, ein Geviert mit Ecktürmen, bekuppelt, Renaissance, Barock, ist ja wurscht, wenn ein Graben drum rum wär, hätt man ein westfälisches Wasserschloß.

Dann entschwindet es dem Blick, es ist nicht mehr die Zeit, dem Ufer zu folgen, der Hunger mahnt und treibt in städtischeres Geläuf.

Ab der letzten Brücke ist man in der Altstadt, meist zweistöckige Häuser an Kopfsteinpflasterstraßen, ein leichtes Auf und Ab, teilweise fußgängerzonig in Geschäfte umgewandelt, teilweise eher ruhig und nur bewohnt, mit Bier- und natürlich Weinstuben versehen.

Dann stößt man aus einer Gasse auf den Platz vor dem besagten Schloß, der Residenz der Bischöfe von, ja, von wo, Mainz, wenn ich mich recht erinnere, kann man ja alles nachschlagen, wenn man will.

Ich stelle hier nur Vermutungen an, fülle mit Halbwissen auf, um die Bildungsmisere zu verdeutlichen. Wie sieht das erst bei der Generation Pisa aus? Die haben ja noch nicht mal ne Watschn gekriegt vom Lehrer (ich übrigens auch nur mal ne schlappe Kopfnuß; aber die Möglichkeit bestand durchaus)

– haben allerdings schon Erfahrung im Umgang mit Schußwaffen gegen Altersgenossen.

Das Schloß weist das übliche Museum auf und vor allem einen Schloßkeller, im Ausschank Gewächse des Schloßgutes. Oder immer Residenz einsetzen. Ich mach ja hier keine bezahlte Werbung. – Und wo es Wein gibt, gibt's zum Glück auch meist was zu essen, und da es schon fortgeschrittener Mittag ist, da gönnt man sich vor dem Museumsbesuch doch erst mal ein leichtes fränkisches Wurstgericht, Bratwürste gesotten in Wein mit Zwiebeln, Brot – so in der Art, sehr lecker jedenfalls, aber ungewohnt. Und das sprichwörtliche Gläschen Wein. Und noch eins. Und mindestens noch eins.

Und dann ins Museum, Geschichte des Schlosses, der Stadt und der Herrschaftswechsel, Nebenresidenzen und Hauptsitze, von Köln bis Wien reicht das alles, siegreiche Franzosen sind Ursache einer Schleifung und auch hier danach nur noch Repräsentanz. Und immer alles schön bischöflich, Amen. Aber die Ausstattung ist sehr schön; ein Kuriosum ist eine Sammlung von Korkmodellen (oder war das auch wieder woanders, in Darmstadt war doch auch so was, aber ich will und will nun mal nicht nachschlagen, es wäre ja sowieso egal, ob Korkmodelle oder Puppenstuben oder Teigskulpturen von Komps-Borillo – irgendwas zum Anschauen lohnt sich immer, und irgendwas ist immer Tinnef.)

Die weitere, in wohlgenährter Erwartung des abendlichen Arbeitspensums verbrachte Zeit hielt noch einige zusätzliche Umrundungen der sich als Kern der Altstadt erweisenden Umgebung bereit, hier und da eine kleine Erfrischung. Rasch einsetzende Dämmerung ließ jedenfalls etwa vorhandenen Schandflecken – baulicher Ersatz von Verfall oder Zerbombung, was weiß man – keine Chance, den insgesamt erfreulichen Eindruck dieses Tages zu trüben.

Bad Salzungen

Es ist also schon wieder soweit. Es werden schon wieder Menschen gradiert. Sogar in eigens dafür geschaffenen Gradierwerken. Doch dazu vielleicht später mehr.

In Bad Salzungen erwacht man bestimmt nicht erst auf dem Parkplatz, dafür sorgt schon die Entfernung zur Autobahn. Wenn das Geruckel losgeht, Abfahrt, Kreisverkehr, Ampel, Treckerüberholen, dann ist Sense mit schlafen. Man nutzt also besser die Gunst der Morgenstunde und labt sich an der Lieblichkeit des am Panoramafenster vorbeiziehenden Werratales. Und erfreut sich an allem Anschein nach tatsächlich noch betriebener Rohstoffgewinnung. Ist das jetzt heruntergekommen oder nur konstant in Betrieb? Diese Kali-, ja, was nun, Gruben? Werke? Hütten? – egal, sieht gut aus, zonig und doch heimisch-vertraut. Und wegen Grenznähe wirkt es hier im Thüringischen ja alles schon ganz wunderbar wiederhergestellt, fachwerkparkmäßig und ortskerntechnisch. Wenn's abgewrackt ausschaut, dann muß das ehemaliges Zonenrandgebiet sein, dem jetzt die Beihilfen fehlen. Jedenfalls schlängeln und winden sich die Straßen angenehm, und Busse zwingt es wunderbar zum Schunkeln.

In rascher Folge wechseln also Thüringer Fachwerkdörfer mit Gewerbeparks und Saunaclubs, und dann ist eines dieser Dörfer eben doch eine Stadt, und zwar das Tagesziel.

Der erste, wie so oft dem Wetter geschuldete Eindruck ist der von Tristesse. Feuchtigkeit herrscht vor. Geparkt wird mal wieder vor einer Um- oder Zwischennutzung, der Kibri-Bausatz, hier wurden einmal Pressen hergestellt.

Es ist später Vormittag, die Stadterkundung beginnt. Nach wenigen Minuten wird der Bahnhof passiert, und ein Ladenzentrum Jülich'schen Ausmaßes läßt man auch besser links liegen.

Zuerst einmal fällt auf, daß sich dieses Thüringer Kleinod weniger durch Mittelalterlichkeit, denn durch Gründerzeit auszeichnet. Zwar ist manches Fachwerk, aber eindeutig das zu Sommerfrische und Wagnerischem Kulissentheater gehörige Zierfachwerk. Alles sehr Kaiser Wilhelm. Dann steilt die Straße sich nach wenigen Metern einem doch etwas älteren Marktplatz zu, der genaue Stilmix ist mir natürlich jetzt wieder entfallen. – Und wie ich grad merke, vermengen sich die Erinnerungen von Zweit- und Erstbesuch; zwei Bands, eine Öde, sozusagen. Die Erklärung für den fehlenden Tagesrest folgt vielleicht später.

Egal, jetzt Zweitbesuch, jetzt Abend (diesmal sind wir in F*5-typischer Manier mal wieder durch alle Staus Ost-Hessens und West-Thüringens gekrochen, verirrt und sowieso viel zu spät losgefahren; trotzdem gilt es, Zeit zu überbrücken): Es wimmelt von zielstrebigen Jungmenschen, man sammelt sich am Markt, zieht in Nebenstraßen, lärmt und schwenkt Getränke. Aber wohin da geeilt wird, kann man nicht ergründen, es werden keine Veranstaltungen beworben, man sieht kaum erwähnenswerte Gastronomie. Aber anscheinend genug Lebensfreude, darüber hinwegzukommen. Es ist jedenfalls inzwischen finster geworden, und folgt man der Straße noch etwas hügelauf, dann liegt plötzlich ein See vor dem erstaunten Besucher. Der war letztes Mal noch nicht hier. Aber wohl eher der Besucher nicht, denn der See sieht doch recht permanent aus. Rechterhand ragende Burg- oder Festungsreste, die man eigentlich links wähnte, klären das dann; war halt ein anderer Weg damals. Es wirkt im inzwischen durch aufklarenden Himmel sowohl sternen- als auch laternenbeleuchteten Zustand alles sehr heimelig … tröstende Leere … – Die dann beim Wiedereintritt ins doch recht übersichtliche Gasselwerk nach wenigen Minuten voll wird, von ebensolchen Jugendlichen. Auf einer Treppe hockend bieten sie dem vorbeischlendernden Fremden Teilhabe an ihrer Abendverlustierung. Für schlappe 50 Cent wird eine Flasche überreicht, handwarm, aber 0,5 l, von der örtlichen Dursttanke, im Kasten ohne Pfand wahrscheinlich 15 Cent, aber egal, Durst.

Vor dem ersten Schluck, schon nach erfolgter Bezahlung, das eigentliche Verkaufsgespräch, Lobpreisung des Produkts. Das wäre der einzig wahre, bestknallende, alle bestehenden Preis- / Leistungsrekorde sprengende, bewußtseinssteigernde Zaubertrank. Ehrlich.

Solcherart aufgestachelt – der Flasche im bewährten, regional variierten Billigbierdesign eine zwar preiswerte, aber eben durchaus schmackhafte und wirkmächtige Erfrischung zutrauend – dann der große Schreck: urinwarme, süße Plörre. Man hätte dem erschreckend niedrigen Durchschnittsalter der geschäftstüchtigen Gastgeber mißtrauen sollen. Hier gab sich der Nachwuchs im Lungern den Eingebungen des Alters und der werbetreibenden Industrie hin und erreichte ungeahnte Höhen der geselligen guten Laune durch Konsum von zonigen Versionen von Biermixgetränken. Das, was früher nach der Sperrstunde im Ausguß landete, wird ja heute für teuer Geld fernsehbeworben einer irregeleiteten Jugend angedreht, die sonst schon alles hat. – Um allen Irrtümern vorzubeugen: Es handelte sich bei meinen kurzzeitigen, durchaus freundlichen und sympathischen Gastgebern nicht um ganzkörpertätowierte, kopfkondomtragende Unterschichtler. Der eloquente Wortführer der jungen Leute mußte seinem

Wochenendvergnügungsdruck eben nur früh genug ein Ventil bieten, da er am nächsten Tag im etwa 200 km entfernten Frankfurt (Oder oder Main oder aber Brandenburg, Gießen oder Bayreuth, egal, paar Stunden Autofahren jedenfalls) ab ca. 6 Uhr morgens in Erfüllung seiner beruflichen Pflichten als Dachdecker irgendeinen Kirchturm oder ähnliches zu ersteigen hatte. Hut ab! – Die jüngeren Mitglieder der Gruppe erwogen dann, sich diversen gemischtgeschlechtlichen Vergnügungen hinzugeben (nach unten offene Altersgrenze etwa 10), woraufhin der Berichterstatter sich dann empfahl.

Zeit, der Erinnerung zu frönen. Anstatt wie diesmal nur eine knappe Stunde Zeit totschlagen zu müssen, lag damals – beim Erstbesuch – noch ein ganzer Arbeitstag vor einem, knappe 10 Stunden. Leute, die bei ihrem ersten Besuch in Miami sich sofort ein Auto mieten, um ins 1500 km entfernte New Orleans zu fahren, obwohl sie vier Tage später wieder zurück nach Europa fliegen müssen, die wären ja zumindest mit der S-Bahn ins eventuell nahe Erfurt gefahren. Da war man ja auch noch nie. Aber mir widerstrebt solch unstetes Verhalten. Und dem Neuen eine Chance gebend, wollte ich dann nicht wirklich wahrhaben, daß sich dieser Ort tatsächlich in einer halben Stunde erwandern ließ. Zwei Runden, ohne verheißungsvolle Einkehr entdeckt zu haben, das hieß, noch einen ganzen Tag mit Abhängen zu füllen. Warten, warten, ist alles, was ich hör. – Um sich jetzt einfach der Landschaft zu ergeben, dazu war das Wetter nicht einladend genug. – Und ja, eine gewisse Routine im Städteerwandern führte zu einem leichten Ennui, eine nicht zu leugnende Arroganz gegen das Kleine. – Aber vor allem: kalt und naß.

Kurz bevor Kickerautomat, Backstagebier und Lagerkoller ihr erstes Opfer fordern konnten, setzte dann die Gruppendynamik ein: Zwei Drittel des Trosses wurden plötzlich ebenfalls unternehmungslustig, und dem Lockruf der von mir sonst verachteten, gesundheitsunterstützenden Maßnahmen folgend, machte man sich gemeinsam auf, das erwähnte, fast benachbarte Gradierwerk zu suchen.

Zauberworte (für mich eher Schreckensmeldungen) wie Sauna und Wellness standen im Raum.

Italien

Wegbeschreibungen, der vom Lektorat gewählte Untertitel, läßt doch einige hübsche Möglichkeiten zu. Also ein weiterer für mich hinlänglich interessanter Weg: Er führte seinerzeit durchs nördliche Italien.

Aus bis heute nicht geklärten Gründen wurde Anno 83/84 nämlich ein in Bologna ansässiger Wahnsinniger vom Deutschrock-Bazillus befallen, nachdem er eine vom Götheinstitut in Rom veranlaßte oder zumindest unterstützte Veranstaltung in einem Zelt an der Peripherie des antiken Zentrums gesehen hatte.

(Allein schon diese Erstbespielung Italiens ist eine Story. Die Hälfte von uns Angebern, Family*5, wurde eingeflogen, die armen Deppen mußten mit dem Auto das Gerät nachführen. In Rom hatten wir für einmal Spielen drei Tage frei, das erste Mal im Auftrag der Weltherrschaft im Ausland.

Italiener war zu Hause Pizza, Lasagne und Spaghetti, und alle Italiener, die man kannte, waren eh so wie wir – da ging es schon beim Frühstück los, das Wundern: im Hotel eindeutig Tourifraß, Continental Breakfast mit Spülwasserkaffee. Aber auch das italienische Frühstück mit Hörnchen, Espresso und Kippe konnten wir weder recht glauben, noch entsprach das dem Nahrungsbedarf. Also zur ungeheuren Belustigung des Café-Wirts am Morgen kalte Knoblauchpilze und Brot bestellt, des Antipastos völlig unkundig.

Wir sind einfach los, im Rudel damals, durch die Stadt,

überall diese Steinhaufen bzw. diese eigentlich noch als Gebäude benutzten Römerteile; es ist ja wirklich fast nicht zu glauben, das Zeug steht da einfach so rum, Forum, Colosseum, drum herum fährt die Straßenbahn, das ist doch mal eine echte Altstadt, nicht so arm wie bei uns. Damals dachten wir noch, wie schade, da könnte man doch super Läden drin machen, Kneipen, Kinos oder Shops, besser als so leere Fabrikhallen. Wahrscheinlich haben sie das jetzt so gemacht, und es ist ganz furchtbar, weil Design.

Egal – wir durch die Stadt, auch geile Secondhandscheiben erworben und vor allem italienische Comics, Pratt, Sommer, Micheluzzi und so, war der schwer angesagte Stil. Dann ab zu diesem Zelt, schon am ersten Tag war Aufbau und Soundcheck, obwohl wir erst am nächsten Tag spielen sollten. Das Zelt stand in einer Autowerkstattgegend, gegenüber eine prima schmierige Flipperkneipe, die Mutter dort konnte unsere Wünsche nach due Birra e Sandwitsch richtig deuten, wir waren jedenfalls schnell mehr als zufrieden, liefen mehrmals in dem Laden auf, und die deutschen Trottel waren schon fast Familie.

Das Konzert, wie gesagt am Abend des zweiten Tages, war für uns super, wir waren gut. Nervend war nur die Besetzung dieses Festivals. Deutsch hieß damals Prollmaschinenkrach, dem außer uns alle so ziemlich entsprachen. Belfegor aus Düsseldorf, gute Kumpels und über Kritik erhaben, aber eher Funk-Metal; Kowalski, damals angesagte neue Ruhrhoffnung, Pott-Metal, arm, ärmer, Rammstein. Und ganz arg, als Headliner, die fand ich immer schon übel, waren aber eins der ganz großen Dinger in der Zeit, Industrie und Blech und Rumspinnen, wie es jeder schon mal irgendwann versucht hatte, aber eben alles inzwischen überholt, sie hatten eben den richtigen Meinungsmultiplikator kennengelernt: Neubauten, einstürzende.

Wir haben das Elend dann mit einem unglaublichen Gelage umgangen, irgendwo in der Nähe ein Restaurant aufgetan, mit unseren Betreuern, und gefressen und getrunken, es war unbeschreiblich, so gut hatte vorher noch keiner von uns getafelt. Nur über das Benehmen, da schweigen wir lieber. Und wer bezahlt haben mag? – Jedenfalls rheinische Volldeppen auf ganz großes Tafelkino losgelassen.

Die Neubauten als Leute waren eigentlich ganz ok, obwohl ich sie gehaßt habe, wir waren, glaub ich, im gleichen Hotel, morgens ganz freundlich, aber ich verstehe immer noch nicht, warum Mufti bis heute noch so nett zu mir ist. Wahrscheinlich, weil er ein sehr feiner Kerl ist; obwohl wir sie, glaub ich, haben spüren lassen, daß wir mit dieser Krachkacke nix anfangen konnten. Wir waren damals ganz weit weg von Vorne, uns stand der Sinn nach Soulpunk und Alkadelic.)

Gut, dieses Ereignis veranlaßte wie gesagt jenen Bologneser Irren, uns auf Tour zu holen. Und nicht nur das: es gab eine Platte extra für Italien (von der wir dann aber fast alle nur als Re-Import in D verkauft haben, obwohl da keine neuen Stücke drauf waren).

Diesmal wurde Italien mit Bus anvisiert, und fast wäre auf der Moseltalbrücke bei Koblenz alles aus gewesen, mit Riesengetöse zersplitterte die Frontscheibe und übersäte die Insassen der ersten beiden Bänke mit Glasbröseln. Vorsorglich wurde ein Krankenhaus aufgesucht, einige Splitterchen aus empfindlichen Sängeraugen entfernt (oder zumindest vom Arzt so getan). Danach schlüpfte der Saxophonspieler in die Rolle des Tourmanagers (in unter anderem der er es dann zum Millionär brachte, allerdings ohne uns); als ehemaliger Immobilienmakler ließ er seine Verbindungen zum damals noch Daimler-Benz-Konzern spielen, lief einfach auf dem Hof der Werksniederlassung ein und ließ auf Versicherung eine neue

Scheibe einbauen; alles in allem hat das höchstens drei Stunden Verzögerung gebracht. In unserer damaligen Erfahrungswelt hätte eine Ersatzscheibe längeres Suchen auf Schrottplätzen bedeutet und Auftun von (dort eben nicht vorhandenen) Bekannten, um den Einbau vorzunehmen im Tausch für einen Amp oder paar Platten oder so. Die Idee der markengebundenen Fachwerkstatt jedenfalls war uns mehr als fremd.

Zum Glück waren ja alle unbeschädigt, es ging nach Süden, am nächsten Morgen wurden wir mitten in den Alpen wach, die majestätische Bergwelt, von einer goldenen Morgensonne bestrahlte Gipfel, während unten bei uns kleinen Menschlein noch Dämmerung war; also Hunger, Semmeldiebstahl an schweizerischem Kiosk, Verunreinigung der Naturwunder inklusive; Harndrang kann so gemein sein. Im Verlauf des Morgens irgendwie die Grenze passiert, ohne Carnet natürlich, aber doch durchgewunken worden (das ging nicht immer so glatt, aber andere Geschichte), die Anlage war damals sehr klein, Decken und unsere Preßsäcke als Tarnung ausreichend. Nachdem dieser Nebengrenzübergang hinter uns lag, wurde also ins Welsche eingerollt, pennend ging es aus den Alpen runter in die Toskana.

Nun, die Toskana, wer kennt sie nicht, wem wurden nicht ihre Schönheiten gesungen, wer wüßte selbige nicht zu würdigen. Toskana, du Eifel der Etrusker.

Unser erster Halt für ein Konzert war Florenz, wo wir auch unseren Tourveranstalter und seine Assistentin, die auch fürs Dolmetschen da war, aufpickten. Wegen mir hätte das Konzert gar nicht sein müssen, nachdem wir das Hotel belegt hatten und das erste Abendessen hinter uns – Kohle absaugen und nie wieder hier weg, das wär's gewesen.

Danach führte der Weg über Mailand, Rom, Bologna; insgesamt vier Konzerte und ein Videodreh für über eine Woche

Ferien. Der Veranstalter (ich komm nicht auf den Namen, ich werde ihn bei Bedarf Franco nennen) vorneweg, im Lancia β, in der italienischen Autohierarchie zwischen Alfa und Maserati anzusiedeln, wir im Bus hinterher, auf der Autostrada alle Stunde an die Raste, die geile, einen Mega-Espresso, an der nächsten dann ein Bier zum Spülen, dann wieder Espresso und immer so weiter; Zeit war kein Problem. Nachts in Hotels, die mir heute noch exorbitant extravagant erscheinen, purer Luxus, mindestens zwei warme Mahlzeiten der allerersten Güte am Tag. Speziell die Essen vor den Konzerten mit den örtlichen Veranstaltern; was die da auftragen ließen; dagegen wir mit unserer Pizza und Nudel alla Tedesca abgespeist in der Heimat. Hier also das volle Programm: Antipasti, Primi, Secondi, Dolci, nichts wurde ausgelassen; und so vollgefressen dann sofort auf die Bühne, aber, meine Damen, gerockt haben wir die Häuser, wie die großen Brüder der Hosen, die wir damals ja waren, die Vorbilder der Ärzte. Egal, so jung werden die auch nie wieder.

Und dann diese unglaublichen Läden, keiner kleiner als 800, sonst 1500, 2500 Kapazität. Dieser größte war eine Riesendisko; in Mailand. Da waren von den 2500 natürlich nur 220 da, aber das war denen egal, auch denen vom Laden; nach dem Konzert kam der örtliche Mafioso tränenüberströmt und champagnerbeladen zu uns, wir wären grandioso, multi furioso, was auch immer, great show, Rokändroll, es gab kein Nein zu seinem Champagner, bah, aber rein mußte es, va bene, you come back, next year, yes, we book stadium, no problem, I make you famous in Italy, the world …

Ich hab es dann überlebt, obwohl unser eigentlich abstinenter Bassist, der sich dieser Champagnerbetankung ebenfalls nicht entziehen konnte – das waren ja mindestens fünf sonnenbebrillte Goldkettchenträger – also so auf Schampus hätte er mich fast bei voller Fahrt durch die offene Bustür entsorgt. Zur Strafe hat er sich dann beim Videodreh, als er das erste Mal in seinem Leben Pogo tanzen wollte, den Fuß verstaucht und mußte abends beim Konzert ganz unsexy mit Verband im Sitzen spielen.

Über die restlichen Umstände dieser Tour breiten wir das für Trompeter und Gitarristen mitleidige Mäntelchen des Schweigens; ich hab da nichts zu verbergen, ich schreib es ja auf. Allerdings ungenutzte Gelegenheiten aus sentimentalen Gründen.

Wie man weiß, wurde aus der angedrohten Weltherrschaft mal wieder nichts, nicht einmal eine Wiederholungstour; unsere Platte ging sang- und klanglos unter, auf unserem Label gab es nie wieder eine Veröffentlichung und vom Veranstalter weiß man nur, daß er kurz nach der Tour Name und Aufenthaltsort gewechselt hat.

Seine Assistentin kehrte irgendwann nach Solingen zurück und machte später Schuhmode.

Silverstone

Ha war schon seit einer Woche in der Stadt. Er hatte einen Auftrag. Nicht seinen ersten, und bisher hatte er alle seine Aufträge zur Zufriedenheit erledigt. Ha arbeitete für die Industrie. Sein Auftraggeber war Ge, der ihm diesmal eine andere Mission als sonst erteilt hatte. In der Vergangenheit hatte Ha seine Aufträge zwar auch meist allein erledigt, aber nie länger als zwei Tage benötigt. Diesmal war es anders; er wußte, es würde drei Wochen dauern, bis alles erledigt wäre.

Das Unternehmen, für das Ge und Ha tätig waren, hieß YAG. YAG operierte weltweit, in Deutschland wurde nur verkauft und repariert. Produziert und gelagert wurde hauptsächlich in Holland und England. Dort, in England, wurde auch geplant, dort liefen in der Zentrale die Fäden zusammen, an denen die europäischen Tochtergesellschaften geführt wurden, dort befand sich Ha nun auf seiner Mission. Über allem thronte noch die Konzernspitze in Rochester, NY, und Palo Alto, CA, und die wurde regiert von der Börse.

YAG vermarktete ein Produkt, dessen Zeit reif war, für das der Markt aufnahmefähig war. Im gesamten Geschäfts- und Verwaltungssegment wurde das Produkt nachgefragt, ein Quasimonopol. Kurz: die Geschäfte liefen gut. So gut sogar, daß es wie eine Lizenz zum Gelddrucken war. So gut, daß reichlich Gehälter gezahlt werden konnten, viele Dienstwagen an jeden und seine Sekretärin verteilt wurden, außertarifliche Sozialleistungen gewährt wurden, sogar die Kantine wurde beinahe mit Recht Betriebsrestaurant genannt. In Deutschland, das ja für seinen Fleiß und seine Disziplin bekannt ist, gab es Alkohol in der Kantine nur an Karneval, Schützenfesten und Geburtstagen, aber in Belgien zum Beispiel hielt man die Mitarbeiter mit einem Zapfhahn zum Selberzapfen bei Laune, in England war ein Pub im Hause, der ab 17 Uhr brummte, früher erlaubte es der Gesetzgeber nicht.

Im ganzen Konzern herrschte gute Stimmung, daß soviel Geld verdient wurde.

Das funktionierte so lange, bis die Japaner auf den Plan traten, das Produkt erst nachbauten, dann verbilligten, verkleinerten, verbesserten.

Ab da wurde gespart. Was wieder mit Ha und seiner Aufgabe in Zusammenhang stand. Deshalb war er hier in diesem Pub in High Wycombe, am Rande des Einzugsgebietes von Greater London. Hier schloß man schon um 17 Uhr die Geschäfte, Versorgung bis spät in die Nacht, wie er es aus London kannte und für typisch britisch gehalten hatte, so etwas gab es nur am Autobahnzubringer, im Shopping Centre.

Ha machte sich keine Gedanken um die Geschäfte des Unternehmens, er erfüllte seine Aufträge, er merkte sich keine Namen und Gesichter. Er kannte die Abläufe. Das Produkt, die zu seinem Funktionieren nötigen Betriebsstoffe, sämtliche zur Wartung benötigten Teile, all das wurde vom Konzern an die Tochterunternehmen verkauft. Alles, was benötigt wurde, mußte zu festgelegten Preisen aus England und Holland bezogen werden. Zu horrenden, überzogenen Preisen, wie Ha einmal feststellen konnte, als er zufällig eine Rechnung mit einem im Kaufhaus erstandenen gleichartigen Artikel verglich. So wurde Gewinn bei den nationalen Töchtern verhindert, nichts brauchte versteuert werden, Kostendruck führt zu Sozialabbau bei schwindenden Gewinnen, dafür muß eine Belegschaft doch auch Verständnis haben, es geht doch immerhin um Arbeitsplätze. Und der Aktionär verdient recht schwer, dort drüben, wohin die Rechnungsbeträge letztlich überwiesen werden.

Die gegenwärtige Aufgabe hieß Systemtest. Sonst war Ha meistens als Vertreter von Ge entsandt worden oder von dessen Vorgesetzten Eff, der – des Englischen nicht mächtig – im Kreise internationaler Kollegen keine gute Figur abgab und seine Karriere sowieso der Kenntnis von Leichen in Kellern verdankte. Auf diesen Zusammenkünften wurden normalerweise gemeinsam mit den Vertretern der Schwestergesellschaften die Umsetzungen der Vorgaben der Zentrale erörtert, die sogenannte Nationalisierung, die Anpassung an lokale Gepflogenheiten, oder Anforderungen und Wünsche der einzelnen Landesvertreter sollten zusammenfließen in Gesamtpakete. Diesmal sollte Ha eine neue Geheimwaffe im Kampf gegen die Kosten testen (mit einem Kollegen aus der Zentrale), etwas eigens Eingekauftes, speziell für YAG Entwickeltes.

Um das Produkt bei den über ganz Deutschland verstreuten Kunden zu warten und im Falle einer Störung wieder funktionstüchtig zu machen, schickte YAG Hunderte von Kundendiensttechnikern durch das Land, mit Autos voller Ersatzteilen, die dann entweder wieder aufgefüllt werden mußten oder retourniert. Um in Deutschland bzw. in ganz Europa keine Mieten mehr zahlen zu müssen, war jemand auf die schlaue Idee gekommen – da doch der Steuerzahler soviel ungenutzte Quadratkilometer Fläche, wie man nur braucht, mietfrei zur Verfügung stellt; diese Lagerfläche heißt Autobahn – alle Läger abzuschaffen. Das Prinzip JIT, Just In Terzeit. Das machte in großem Stil schon die Automobil- und Konsumgüterindustrie; Milliardenumsätze, Massengüter.

Nun galt es zu ermitteln, zu erahnen, wann ein Techniker ein Teil braucht. Der simple Fall, er steht beim Kunden, braucht einen linken Verstopfungsdrömel, sagt dem Kunden, ja, da kann man nichts machen, da komm ich nächste Woche wieder, das läßt der moderne Großkunde nicht zu, der akzeptiert nur Rund-um-die-Uhr-Verfügbarkeit. Alles andere ist doch was für Konsumenten. Und die einfache Lösung, ein komplettes Produkt in Reserve mitzuführen, hätte mehr als einen Astra Kombi erfordert.

Man investierte folglich in Wahrsagerei. Ein innovatives Unternehmen wie YAG – wenn gar nichts mehr geht, ein neues System geht immer. Eine ganz schicke Client-Server-Materialverwaltung sollte es werden, anhand der Verbrauche in der Vergangenheit wird der künftige Bedarf ermittelt, rechtzeitig geliefert, für jeden Techniker individuell, nach Postleitzahl und Schuhgröße. Und das alles ganz von selbst, der berüchtigte Knopfdruck (heute ist es der Mausklick, aber außer unerwünschten, kostenpflichtigen Abonnements erhält man nichts mit nur einem Mausklick). Einer der Leitsätze eines der ganz Großen im Servicemanagement – nach „Alle rausschmeißen“ – lautete: „Meine Techniker sollen schrauben, nicht schreiben“, womit jegliche Form von administrativer Tätigkeit inklusive Lesen und Denken gemeint war. Das reflektierte auch getreulich die Fähigkeiten dieses Herrn.

Jetzt war Ha also für dieses Projekt abgestellt. Ein Projekt von allerhöchster Priorität. Soviel war sicher. Hier ging es um Geld, da muß dann eben mal jemand ein paar Tage nach England. Allerdings mußte da tatsächlich gearbeitet werden, nicht entschieden. Da waren Daten einzugeben, auszuwerten, Programme anzustoßen, Daten zu verändern, neu auszuwerten, zu vergleichen, abzuschreiben, ja, sogar abzuhaken. Das war alles andere als prestigeträchtig, die Herren E bis Ceh kamen dafür also gar nicht in Frage. Wegen Sprache und Erfahrung blieb dann Ha übrig.

Es würden also drei Wochen bezahlter Urlaub werden, sah Ha schon vor seinem geistigen Auge, und gegen die Langeweile tagsüber ein wenig Arbeit. Er ließ sich von den englischen Kollegen anstatt im üblichen Tagungshotel auf der grünen Wiese in einem Pub mit Bed & Breakfast einquartieren, ein Mietwagen stand auch zur Verfügung, maximale Flexibilität war garantiert.

Das zu testende System wurde dem Beschaffungsentscheidungen fällenden Management vom Hersteller auf einer Verkaufsveranstaltung mal vorgeführt, ganz kurz, das ging wirklich alles ganz toll schnell, auf Knopfdruck. Da gab es nach Sekunden einen schicken neuen Wagenbestand, eine elegante Liste und sogar ein Bildchen mit einer Landkarte und einem Einzugsgebiet. Das war natürlich kein Wunder, da wurden die richtigen Knöpfe vordefiniert, das war eine Demodatenbank mit vielleicht fünf Technikern, sechs Kunden, siebenzig Teilen, so in etwa. Der erste Versuch, die realen Daten nur einer einzigen Datei vom Großrechner auf den 75Hz PII zu übertragen, dauerte 15 Stunden. Bei allfälligen Abbrüchen alles von vorne …

Das war auch dem Kontaktmann in England alles bekannt, aber bei wichtigen Projekten stellt man sich nicht quer, da läßt man die Leute über den Kontinent fliegen, um anschließend gemeinsam ein paar Quadratmetern Farbe beim Trocknen zuzusehen.

Als Externer ohne eigenen Arbeitsplatz, projektgebunden, da gab es in solchen Situationen für Ha freie Zeit, er konnte ja nicht wie die örtlichen Kollegen ins Tagesgeschäft zurück. Am nächsten Tag, da wird es aber wirklich fertig sein. Und wenn mal Daten vorlagen, dann brach ein Programm ab, was noch nie vorher vorgekommen war, es mußte eine Anfrage an die amerikanischen Programmierer abgesetzt werden, die Rückantwort erwartete man umgehend am nächsten Tag, Zeitverschiebung. Was den Abbruch verursacht hatte, war einem mit echten deutschen Beispieldaten arbeitenden Tester schon vorher klar, aber die Amerikaner kosten soviel Geld, wie er selbst in diesen drei Wochen niemals verschwenden könnte, sollen sie also den Job machen. Umlaute und scharfes ß, damit konnte man locker einen freien Tag gewinnen. Dem Amerikaner als solchen war nicht beizubringen, daß es außer dem US-English noch andere ASCII-Zeichensätze gab, schon Windows 3.1 kannte ein Sprachschema.

Mit seinem flotten italienischen Mietwagen kurvte Ha dann durch die Cotswolds, Buckinghamshire und das Themsetal; liebliche Landschaft, Eifel, Bergisches Land, Toskana vereint, einsame Landstraßen, anderthalbspurig, von immergrünen Hecken oder Bruchsteinmauern gesäumt; obwohl hier der Business Belt Londons war, kaum Verkehr, wenn mal jemand entgegenkam, mußte in einer Hofeinfahrt gewartet werden. Jede Geschwindigkeit oberhalb von Schritt erzeugte ein Gefühl des Dahinrasens. Pubs mit blumenüberwucherten Gärten und traditionellen Holzschildern ohne Konzernlogo, Pfarrhäuser und normannische Kirchlein, Herrensitze mit ausgedehnten Pferdekoppeln lagen an jeder Straßenbiegung.

Am sowieso freien Wochenende blieb Ha vor Ort eingemietet; anstelle der ihm zustehenden Heimflüge. Er hatte nämlich schon den Ankündigungen in Autosport entnommen, daß in Silverstone das 4-Stunden-Rennen stattfand, ein Lauf zur GT-Meisterschaft. Das Beste, seit die Gruppe C tot war. Von Bucks nach Northants ohne mehr als eine grobschlächtige Anfahrtskizze aus der Zeitung, auf ins Home of British Motorsport. Via Aylesbury, bloß nicht zu sehr Richtung Oxford geraten, über B-Roads nach Gefühl navigierend, so erreichte er tatsächlich, schon fast im Nirgendwo des englischen Hinterlands sich verloren geglaubt habend, einen als Parkplatz ausgewiesenen umfunktionierten Acker; so finanzierte sich der Bauer.

Ein Loch im Zaun neben einem Kassenhäuschen gewährte Zugang zum Gelände. Diese Lage abseits des sowieso nicht so großen Gedränges – man gab ja keinen GP – sollte sich noch als Glücksfall erweisen. Die Anreise von 20 000 Menschen, über Stunden verteilt, das ging ja noch an. Aber als Dreiviertel davon am Abend gleichzeitig die Zufahrt zur Autobahn nach Süden, Richtung London, suchten, schlüpfte er durchs Netz auf seine Grafschaftsstraßen zurück.

Es war ein teilweise sonniger, aber kalter Frühlingstag. Es rächte sich, nur eine dünne Rennjacke ohne Pullover dabeigehabt zu haben. Während der Vorläufe – für historische Tourenwagen, Formel Ford und so etwas – nutzte er die Gelegenheit, Streckenkunde zu betreiben. Legendäre Passagen wie Abbey, Woodcote, Copse, Becketts, Stowe, alles mal für die schnellste jemals gefahrene GP-Runde gut, modernen Streckenbau- und Sicherheitsbelangen entsprechende Schatten ihrer selbst. Die Namen allein, der Boden schon, verströmten jedoch Renngeschichte, lösten Emotionen aus, ähnlich wie nur noch die Nordschleife, Le Mans, Monza und Spa das können.

Im Innenraum, auf den Landebahnen des ehemaligen RAF-Flugplatzes, konnte der kühle Wind sich ungebremst verbreiten, kein Wunder: landenden Bombern erspart man möglichst Hügel und Täler. Im Fahrerlager gab es freien Zugang, es gab Devotionalienhändler für Gläubige aller Konfessionen, Fish'n'Chips, Bier. In den Boxen standen die Mechaniker bei der Arbeit unter Beobachtung, Fahrer beim Entspannen oder Konzentrieren, Teams beim Besprechen.

Vom ersten Aufschrei einer der sechsliterbefeuerten McLaren-Sauger, der Achtzylinder-Ferrari-Turbos an stand er unter Strom. Wie sang einst seine Lieblingsband doch? Lauter als Fußball, schneller als Musik. – Nick Mason startete übrigens in einem EMI Porsche. Und dann die Formen der Exoten! Die Fülle der Außenseiter und No-Hoper. Marcos, TVR, ein Morgan, ein Gilet Vertigo, da erschienen Lotus und Lister schon Durchschnitt, und die wie immer die Felder der kleinen Klassen füllenden Porsche nahm er schon gar nicht mehr wahr.

Es gab etliche actionreiche Szenen; Überholen ist bei Langstreckenrennen die Norm. Auch heftige Ausritte und Rangeleien gab es, meistens an einem anderen Streckenabschnitt als jenem, an dem er gerade zuschaute. Und zwischendurch auch einige Entspannungsbiere; durch die vielen Boxenstops zum Nachtanken und Reifenwechseln ist man sowieso auf den Streckensprecher angewiesen, will man den genauen Überblick behalten, der sich dann auch nach einem Imbiß recht schnell wieder erlangen läßt.

Da Ha rechtzeitig mit dem Nachbieren aufgehört hatte, bereitete die Rückfahrt keine Probleme, außer navigationstechnischen.

Der Freizeitwert seiner Mission konnte ihn wirklich nicht enttäuschen. Der Wert seiner Arbeit war ihm vorher schon klar; es wurde getan, was getan werden mußte, Tabellen und Berichte geschrieben, Fehlerprotokolle angelegt, Verbesserungswünsche hinterlegt, Erweiterungen definiert, Abläufe konzipiert, wie es von ihm und seinem Kollegen erwartet wurde.

Das getestete System, das ganze Konzept der Versorgung, es tanzte nur einen Sommer, sozusagen. Die Herren A und Be wurden von gleichnamigen ersetzt, alle naslang, ein jeder mit neuen großartigen Konzepten, Ideen, Strukturen. All dieses wollte vor der Umsetzung entwickelt, getestet sein, so daß Ha auf viele weitere Jahre in Lohn und Brot stehen und die Miete zahlen konnte.

Wie es dann weiterging, wann und warum alles anders wurde, wie viele Herren A und Be es noch gab – alles unwichtigen weiteren Kapiteln überantwortet.

Nachträge

München

Ist schon merkwürdig, wie man sich an scheinbar so selbstverständliche Dinge wie die feststehenden Eindrücke einer mehrmals besuchten Stadt so völlig an der Wirklichkeit vorbei erinnern kann: Kürzlich mal wieder in München Zwischenhalt gemacht und schon beim Betreten des Bahnhofsplatzes alles unbekannt. Als wenn man nie dagewesen wäre. Eine völlig desolate Gegend; dabei war es mir die letzten Male so erschienen, als wenn man in Windeseile vom Bahnhof in die zivilisierten Gegenden der Stadt gelangte, in unmittelbarer Nachbarschaft angenehm in nicht zu hochpreisigen Hotelpensionen sich nächtigen ließe, schnell Museen, Galerien und Biergärten erreichbar wären. Aber wo war ich da? Nächstgelegener Zugang zur Innenstadt, stellt sich nach Irrweg heraus, ist ein eher schon der Peripherie zugehörig gewähnter Platz, die parallel zur Bahn aus der Stadt wegführenden Straßen haben nichts von den im Gedächtnis behaltenen netten Stadtvierteln an sich, wo man Cafés, Kneipen und Läden aller Art finden könnte. Allerdings ist es in der Kürze der Zeit auch nicht möglich, großräumig sich die Fehleinschätzungen neu zu erwandern; Straßenbahn bringt auch nichts, wo wollte man hin? Also wieder weg vom Zentrum, eine Achse nach wer weiß wohin verfolgen, die Entfernung zum Bahnhof nicht zu groß werden lassen, bis zum Start des Rennens um zwei muß auch noch eine Premierekneipe gefunden sein, und Hunger meldet sich sowieso nach einem armen Hotelfrühstück am frühen Morgen. Da freut es einen doch, an einer großen Kreuzung einen geräumigen Braukeller mit Braten- und Wurstabgabe zu finden; zwar ist es kein Augustiner, aber frisch schmeckt die kleine Weiße auch hier.

Zürich

Da ja die meisten schweizerischen Städte wie aus dem Modellbahnkatalog zusammengesetzt erscheinen: aus der grünen Landschaft nähert man sich einer mitteleuropäischen Normeinkaufs- und Gewerbewelt, Wohngebiete von begrenzter Niedlichkeit. Aber dann, die Zentren – egal, wie groß die jeweilige Stadt ist – fast immer einheitlich erhalten seit ihrer Stadtwerdung und den Wirren der Eidgenosserei, als man mal schwäbisch, mal habsburgisch, mal wieder frei war. Das Geld, welches hier regiert und gewaschen wird bzw. nach seiner Wäsche dem Markt wieder zur Verfügung gestellt wird, man könnte es vergessen, wenn man nur staunend diese illustrierten Blätter zur Geschichte abschreitet oder die einem mißhandelten deutschen Geschmacksnerv ungewohnt schmackhaften Lebensmittel und Weinchen kostet. Mit der Sprache, das ist auch alles gar nicht so schlimm, wer je in Sachsen oder Schwaben war, der braucht gar nicht mit den rheinischen Steinen in die Glashäuser dieser Republik zu werfen.

Rheinstrecke

Macht man mal die Gegenprobe, so bestätigt sich der Ersteindruck. Zum einen der Südabschnitt, also Oberrheintal, am Schwarzwald entlang, das ist nicht so ergiebig; ab Mannheim ist das alles zu breit, um aufregend zu sein. Und in Gegenrichtung, also gen Heimat, ergibt es sich meistens, daß es entweder finster im Rheintal ist, oder man erwischt die Schnellverbindung durch den Westerwald. Da geht's zwar zwischenzeitlich schön flott, 300 merkt man aber nicht im Geradeauslauf, und ohne diese Bremsstrecke Limburg / Montabaur käme man noch mal 15 Minuten schneller voran, aber es gibt da nix zu sehen die meiste Zeit. Überhaupt, wer möchte in einer Bahn fahren, die sich Verkehrspolitiker und Umweltstoppler zusammen ausdenken. Ich fahr doch nicht Zug, um mein eigenes Spiegelbild verzerrt und verfärbt im Fenster zu sehen, bei einer Funzelbeleuchtung, die kein vernünftiges Lesen erlaubt, alle paar Minuten mal ein bißchen Tageslicht, aber außer Lärmschutzwällen trotzdem nichts zu sehen. Und womöglich in den Innenstädten in Tunnel verbannt. Da kann man ja direkt Autobahn fahren oder fliegen. Und wo ich schon mal dabei bin, Reisende hat ja die Mehdorn-Mafia auch nicht wirklich lieb, ein Koffer ist so ungefähr das Störendste, was man im Zug mitführen kann, da wird ja für Fahrräder besser gesorgt. Schließfächer an Bahnhöfen sind auch nur noch potentielle Gefahrenquellen, und Fahrpläne empfindet man nur noch als Empfehlung. Sollen sie doch die Reisezeiten lieber länger veranschlagen und dafür die planmäßigen Selbstmörder auf der Ruhrschiene berücksichtigen. Na ja, wenn es die Bahn nicht schon gäbe, wer sie heute erfinden würde, käme über einen jahrzehntelangen Testbetrieb nicht hinaus, und auch das Flugzeug könnte man gegen Sicherheits- und Umweltbedenken nicht mehr im Markt plazieren.

Sinnkrise

Es ist schon ein paar Tage her, Wochen in Wahrheit, da hat mich der Bockschwund voll gepackt. Was diese Aufsatzsammlung anging. Zu was hab ich mich da breitschlagen lassen? Ich mein, Leute, das sind nichts weiter als ein paar nie geschriebene Kolumnen, die mir im Netz niemand abgekauft hätte; in einer überregionalen Tageszeitung hätt ich vielleicht mal bißchen Miete davon zahlen können, hätte da mal jemand nachgefragt oder geantwortet, aber um meinen verlegewütigen, ehemaligen Nachbarn ins Sortiment zu verhelfen? Na gut, kann man ja mal paar Seiten schreiben, liebe Leute, gar keine Frage, nett, positiv, überschwenglich zuweilen, aber ich brauch im Moment was Vorzeigbares fürs Finanzamt, nicht so ein Abschreibungsprojekt. Und dann diese ewigen Wiederholungen, diese selbstgesetzten Beschränkungen und Regeln: nur über dienstlich besuchte Orte schreiben, keine Enthüllungsstories (Gibt es da was? – Wer will das wissen), nicht über den Punk und den Rock schreiben, keinen albernen regionalen kulinarischen Politkrimi – meine Herren, Kommissar J. J. Jones – nee, die 27 Jahre im Amt der Industrie haben irgendwie gereicht, auch über die ehemaligen Kollegen gibt's nichts herzuziehen, zur Zeit jedenfalls bringt das nichts. Oder den einsamen Privaträcher der Enterbten geben, in den miesesten Ecken des deutschen Elends findet er immer seinen Mann? Aber wie wäre es überhaupt mal wieder mit einem anderen, alten Genre: mal ein Heimatwestern, alles selbst erlebt, ich reite in Verkleidung über die Heide und rette womöglich holde Maiden in kniffligster Lage? Aber so einen Scheiß muß man sich ja alles erst mal ausdenken, und ich hab mir nichts groß auszudenken. Was nicht heißt, daß ich tolle objektive Wahrheiten böte, ich warne alle eventuellen Leser davor, allzuviel zu suchen. Nein, es sollte einfach nur ein bißchen eine Fingerübung sein, einfach nur sagen: Klar Leute, können kann ich schon, es mußte halt nie sein. Und jetzt, jetzt wird aus diesem albernen Spaß eine fast beängstigende Wirklichkeit. Ich hab letztens auch die Titelseite des FASZ-Feuilletons gelesen, angelesen (verstanden hab ich's nicht), und zwar nur, weil mir der Name des Objektes dieses Titels plötzlich mehr sagte als nur etwas Kulturgeschichte wiedergekäut: immerhin ein Verlagskumpel von mir, und dann, tatsächlich, meine Ex-Nachbarn, meine halbgaren Auftraggeber haben diesen Titel gescoopt, wie wir in der Presse sagen, da hat wer aber tierisch gut gebaggert. Und dann drohen die mir an, auch für mein komisches Geschreibsel würden sich schon Leute interessieren. Ich mach das ja Schritt für Schritt, wenn ich grad mal Lust hab, und jetzt sitzen die mir da mit Leuten im Genick, die alles für bare Münze nehmen. Bei meinen Verlagskumpels ist es für die Verleger ja noch einfach, die sind tot, die liefern nicht zu spät ab, die haben auf Halde produziert, die litten unter Mitteilungsdruck. Apropos Finanzamt: Ich hoffe, die dortigen Kollegen machen sich keine falschen Vorstellungen davon, was hier an Kohle verschoben wird. Die Kameraden Mann, Andersch, Feuchtwanger, zum Beispiel, die haben mit ihren Villen im Tessin und an der Riviera falsche Hoffnungen geweckt, aber heutzutage, da sieht es anders aus, da reicht's noch nicht mal zu H IV, und ohne Filmrechte, junger Mann, da passiert gar nichts. Ich seh den Film schon vor mir, Hilfe, harrharr. Wird also auch nichts. Verdammte Abgrenzerei immer, kann man denn nicht mal was wie alle andern auch machen, es gibt doch bestimmt schon längst den Film zu Droste, Goldt und Lottmann. Und aus einem trendy Land komm ich auch nicht, pah. Und dann, verdammt, mit der blöden Mucke, das gibt ja auch nur Ruhm und Ehre, aber noch nicht mal Konzerte im benachbarten Ausland, wenn's dort nicht deutschelt. Als wenn's den Polen oder Dänen juckt, ob er kein Deutsch oder kein Englisch versteht, ist doch im Pop sowieso wurscht, wer das will, der sucht sich die Texte und übersetzt sie, das geht schon. Danke, liebe Booker, super. Während ich das so vor mich hinranze, nicht genau weiß, was ich da mache, höre ich im Radio grad eine Rezension, Literaturmagazin, ein Rezensent gibt eine heintückische Definition der „deutschen" Pop-Literatur, um sich, aus seiner Wiener Sicht, auf einen hier gerade abfahrenden Zug zu werfen – es wird hier ein Dichter hochgelobt, der aus lauter Frust und Neid auf seine zu plötzlichem und unerwartetem Ruhm gekommenen Kumpels diesen seinen Frust und Neid unter dem Deckmäntelchen Roman – allerdings mit allen wirklichen Namen – einfach mal aufschreibt und dann behauptet, das sei ja nun mal alles nicht er – also wenn ich jetzt einfach in allen Kolumnen das „man" oder „jemand" oder „der Typ" mit irgendwelchen echten halbprominenten Namen aus meinem Bekanntenkreis oder mit schlecht verballhornten echten Promis ersetzen würde, noch bißchen mehr Saufen, Rauchen, endlich auch mal Geschlechtsverkehr einbrächte, ja, meine Güte, dann hätte ich ja fast eine Schublade. Aber so läuft das hier nicht, jedoch ist der Trick mit dem Hinweis auf die Vielschichtigkeit nicht von schlechten Eltern. Und, meine Damen und Herren, Hohes Haus, wenn Sie mal jemand brauchen, der alle nur denkbaren Flachpfeifen an sich hat vorbeirauschen sehen an die Spitzen aller möglichen Charts und aus den großen Fördertöpfen sich die Kohle für windige Projekte gegenseitig zuschustern, dann sitzt hier in diesem Rasthaus ihr Zeuge. Wobei, grad das Thema Charts: Es gibt ja schon seit einigen Jahren zu allen möglichen „Die besten Irgendwas der Welt" die entsprechenden Gegenlisten, es ist ja schon peinlich, wenn man in einer solchen Niedermachliste nicht auftaucht. Blöd ist daran nur, wenn zum Beispiel im x-ten Überbewertete-Alben-Buch, in dem wieder mal mehr oder weniger originell Sgt. Pepper, Highway 61 und Pet Sounds neben Nevermind, oder was weiß ich, niedergemacht werden, sich die Auswertung der Rezensentencharts letztlich doch wieder bei genau diesen Alben einpegelt.

Verpaßte

Es ist wirklich merkwürdig, die Auswahl der Orte betreffend hab ich ja etliches freigelassen, in so vielen Städten haben wir schon so oft gespielt, teils sogar Fans zu Freunden gemacht, auch ohne Konzert hingefahren, nur so zum Spaß, und doch gibt's für mich da jetzt nichts zu zu sagen. Andere hab ich nach einem einmaligen Besuch beschreibenswert gefunden, nie hat die Größe etwas damit zu tun oder ihr angebliches Angebot an Kultur, Szene, Alkohol, was auch immer. Aber an einigen Städten der Großstadtkategorie komm ich echt nur vorbei, mal Umsteigen mit dem Zug, mal ein Autobahnkreuz. So zum Beispiel Regensburg, Passau, Erfurt oder, oder, oder ...

Wetzlar

Äppleraffin war ich wohl schon immer, aber natürlich fand die Initiation hierfür, wie es sich gehört, in Frankfurt am Main statt. Einer von diesen ewigen typischen Haßorten, wenn man auf Durchreise ist und Medien konsumiert, aber bei unseren jährlichen Auftritten in der Batschkapp, Gott hab sie selig, geriet man durch Wiederholung in die Fänge der Frankfurter Bande um seinerzeit Hall of Fame – und mit Innenstadt-Bewohnern auf Zug durch die Apfelweinkeltereien in Bornheim und Sachsenhausen, das hat dann doch was Unwiderstehliches. Erst mal so ää Zwölferbembel uff de Tisch, dann Schlachtpladde odde grie Soß, dann um die Häuser, irgendwo abliegen, und am nächsten Tag zum Rennen am Ring oder so was … Oder im Proberaum Cinderella vergeigen oder Johnny Thunders, Alex Chilton oder Chris Bailey im Cookies oder der Kapp nerven mit Rumschreien und Liederverlangen. Goodbye and Hello jedenfalls hier an Nikki Bembel, Stoffel, Robbäddo und Wolf. Was nun die beiden Altäre, Schalke und den Pure-Freude, angeht, so wurden, nachdem ich der Mannschaft berichtet hatte, sofort per Expedition Beweisfotos geschossen und nach Ddorf an den Krause geschickt.

Bad Salzungen

Das Gradieren, das sollte noch kurz beschrieben sein: Man erhält im Kassenbereich einen mit einer riesigen Kapuze versehenen Morgenmantel, weiß, den man über seine Straßenkleidung anlegt, und dann wird man auf einen Rundkurs geschickt. Zuerst einmal entlang der Rieselwand, hier wird salzhaltiges Wasser an einem Weidengeflecht, groß wie etwa eine Turnhalle, zur Verdunstung gebracht; ein feiner, grauer Sprühnebel hüllt einen ein; alles sehr kaiserzeitmäßig in der Gestaltung. Der Parcours führt dann noch an einer Fontäne oder so vorbei, dann geht's im Innenbereich weiter in verschiedenen Salzkammern; man hockt im weißen Nebel, atmet und schluckt Salz, trotz der Ku-Klux-Klan-Kutten wird alles salzig feucht; die Beweisfotos einer ganzen Band im Edgar-Wallace-Film-Look liegen vor, werden aber aus Gründen der Politischen Korrektheit zurückgehalten. Zensur und Zensur!

Berlin

Die Stationen in der Mauerstadt sind, so gut es das Gedächtnis erlaubt, rekonstruiert. In einigen Fällen läßt sich mit einem definitiv gespielten Konzert nicht mehr der Name des betreffenden Orts verbinden, deshalb die Sonderzeichen. Bis uns die Novemberverbrecher den Dolch in den Rücken stießen, zeichneten sich Berlinfahrten ja immer durch ihren doppelten Grenzübertritt aus. Ein heutigen Generationen ja kaum mehr nahezubringendes Erlebnis, so ein echter Grenzübertritt. Vor allem an dieser Grenze, wo der Kalte Krieg immer sicht- und spürbar war, echte Waffen in den Händen von echten Spießern, die sich von unsern Spießern nur dadurch unterschieden, daß sie auf der richtigen Seite standen, auf der drübenen Seite, auf die man uns oft genug wünschte, weil es uns hier nicht so recht gefiel, die aber auch niemand ernsthaft als Ziel hatte, wenn er einmal eben diese Grenzspießer erlebt hatte. Wir im Westen, also im Rheinland, hatten ja eh Grenzen genug zur Auswahl, ungezählt allein die Fahrten nach Holland (zu Konzerten von Bands, die in der BRD nie spielen würden; für kleines Geld, weil die Jugendzentren alle so liberal subventioniert wurden dort). Und es waren immer die deutschen Grenzer, die blöd waren; wie oft wurde da rechts rangefahren, irgendwer mußte immer sein Piece schnell loswerden, selbst wenn man als Beifahrer nur betrunken war, gab's Anschisse; nie wurde auch wirklich etwas gefunden, die Mitreisenden waren wohl immer geschickter als die Zöllner, oder sie haben nur angegeben und Kaffee geraucht, was weiß ich, ich hab die Fahrten ja nur wegen der Bands gemacht. War auch viel zu unbedarft, um zu wissen, was da so ging. Es war aber immer so ein Gefühl für latente Gefahr im Wagen, wenn es über die deutsche Grenze ging. Die RAF, die sah uns doch so verteufelt ähnlich, da konnte man schon Angst kriegen, daß im Gebüsch ein BKA-Mann übereifrig würde. Hysterie und Effektivität vertragen sich ja auch nicht gut. Im vorigen WM-Sommer mit all seinen vom Sicherheitswahn induzierten Überwachungsängsten schon im Vorfeld, also während dieser WM mußte ich eine mehrtägige Flugrundreise antreten: Wien, Berlin, Zürich, Düsseldorf und zurück, also mehrere Grenzen passieren einschließlich Verlassens des Schengenraums. Jedenfalls war ich nicht im Besitz von gültigen Papieren, lediglich ein seit zwei Jahren abgelaufener provisorischer grüner 25€-Paß begleitete mich. Und trotz all meiner Befürchtungen habe ich ohne irgendwelche Behinderungen die ganze Runde geschafft, vom Einchekken bis zur Ausreise in die Schweiz und anschließender Wiedereinreise in die EU. Kein Vergleich mit einem ordentlichen Besuch in Berlin, Hauptstadt der DDR. Da wurde in Friedrichstraße der Ganzkörpercheck gemacht, es wurde ein Chandlerroman kontrolliert, aber nicht konfisziert, Schlamperei das. Und zwar nach Entrichten der Einreisegebühr von DM 6,50 = Mark 6,50. Allein die Prozedur, morgens um zehn, dauerte bis gegen 11 Uhr 30; danach einmal den Fernsehturm umrunden, ein Buch für Mark 2,00 gekauft (Ubu Roi), kein Restaurant gefunden (das mit dem Plazieren war uns unbekannt, nicht tolerierbar in einem dreiviertelleeren Lokal), und als uns dann noch die einheimischen Zugereisten wegen unserer Klamotten für des Weges kundige ebensolche hielten und nach dem Weg zur Sporgosse fragten, da verließen wir die Hauptstadt nach knapp einer Stunde Aufenthalt wieder. Allerdings auch nicht ungehindert, denn der diensthabende Servicemitarbeiter an der Ausreiseschlange wollte uns so früh noch nicht wieder gehen lassen, wir seien doch, wie der Stempel wohl erkennen ließ, gerade erst eingereist. Das blecherne Wechselgeld gelang es uns übrigens (wir waren allerdings auch nicht guten Willens) nicht, in Gegenwert zu wandeln, also wurde es im Gully entsorgt.

London

Mit ganz viel Mogelpackung könnte ich innerhalb der gesteckten Grenzen auch London abhandeln. Könnte also von all den dort gekauften geilen Scheiben berichten, den dort entdeckten oder in ihrem Zenit erlebten Bands, blutigen Lippen, durchgeschwitzten Hemden, stundenlangen nächtlichen Fußmärschen von Soho nach Kensington oder Bayswater, Begegnungen mit Musikern, Besuchen im Pub, Abenteuern aller Art. Aber dienstlich war ich dort nur für meine ehemaligen Brotgeber, und obwohl es auch da, abends nach den Meetings oder Tests, manchmal arg lustig war – nein, im Gegensatz zu all den Kollegen aus der Heimat, die damals wie heute große Opfer brachten bzw. noch bringen, ein Konzert in London in ihrer Vita zu führen, das hab ich mir erspart; um irgendwo zu spielen, auch noch draufzahlen? Danke, nein. Das gilt übrigens auch für Amiland, auch dort hätte man, wenn man denn hingereist wäre und Transport organisiert hätte, damals, Anfang / Mitte 80er, immer mal spielen können. Aber das widerstrebt mir; ich zahl nicht dafür, daß mich Leute sehen.

Bochum

Das geschilderte Erlebnis mit den Groovies setzt sich meiner vielleicht auch falschen Erinnerung nach noch fort; nach dem Konzert fragten uns einige Leute, ob wir noch mitkämen nach Köln, es wäre eine Spex-Party im Alten Wartesaal, da würden eh Bands spielen, wir sollen einfach unsere Klamotten mitnehmen und auftreten. Im postkonzertanten Vollrausch haben wir nicht gezögert, ich hoffe, jemand war noch wirklich fahrtüchtig (obwohl: einer mußte ja immer, und wohin dann fahren, wurscht; außerdem, zumindest überlebt wurde es – Warnung der Aufsichtsbehörden! Dies wurde von professionellen Fahrern auf abgesperrten Strecken ausgeführt!). Ein Konvoi nachts um zwei nach Köln, wir sind tatsächlich in den Wartesaal gelangt, und dann mitsamt unseren Sachen auf die Bühne, und es war vermutlich ganz gräßlich, aber so was passiert im Größenwahn, wenn man sich tollreden läßt. Es kann natürlich auch ganz anders gewesen sein, anderes Konzert, auf jeden Fall: von Bochum ungebeten nach Köln, das stimmt. Überhaupt Bochum, wie verhält es sich mit dem Ruhrpott? So gut wie gar nicht. Es hat fast 50 Jahre gedauert, bis mal von Duisburg bei Tageslicht etwas anderes als der Zoo, mit Eltern damals noch, gesehen wurde, bis in Essen außer Zeche Carl, Gruga zur Jochen-Rindt-Show und Auffahrt in den Stau zur A 430 mal die Innenstadt besucht wurde; oder Dortmund, auch da gibt es Tageslicht, und mehr als nur vom Zug aus Brauereien (die jetzt nur noch Ruinen sind).

Silverstone

In etlichen dieser kleinen Betrachtungen tauchen für Außenstehende völlig unverständliche Hinweise auf den Rennsport auf. Hier natürlich nicht, hier ist das Thema offensichtlich. Der Faszination von Autorennen erlag ich nach der völlig sportfreien Zeit des musikalischen Aufbruchs erneut Mitte der 80er. Das war zuerst, neben dem reinen Wiederaufflammen einer Beziehung, auch eine Abgrenzung gegen die damals in unseren Kreisen überhandnehmende Neo-Glorifizierung des Fußballs. Immer hübsch was anderes. Der ersten, naheliegenden Begeisterung für die Formel 1 folgte sehr bald eine erneute Abgrenzung in die eher randständigen Bereiche des Sportwagensports. Dort wurde noch in einer zur Musik analogen Form independent gearbeitet, auch wenn Porsche natürlich immer die Jam oder Buzzcocks dieser Szene waren, Werkseinsätze, Millionenbudgets, Hospitality. Aber es gab auch echte Underdogs, die mit teilweise zehn Jahre alten, neuen Regeln gemäß umgebauten Wracks bei Weltmeisterschaftsläufen antraten. Wo die Mechaniker nicht in Teamdress, sondern in Jeans und T-Shirt geschraubt haben, Sandwiches und Bier beim Reparieren, die Kiste von nichts als Gaffatape zusammengehalten gegen Renn-Ende. Das ist überhaupt der Bezug zum Rock'n'Roll: Gaffa und Flightcases. Aber die Mächte des Bösen wollten auch hier – wie nicht nur im Sport, sondern überall – endlich professioneller werden. Es gab elendiges Hickhack, WM-Status-Aberkennungen, neue Kategorien. Am Ende wurde als neuer Hoffnungsträger eine auf straßentauglichen Supersportwagen basierende GT-Klasse geschaffen, deren zweite Saison im behandelten Jahr lief. Aus dieser Kategorie war 1995 erst- und einmalig in der neueren Zeit der Le-Mans-Gesamtsieger hervorgegangen. Soviel dazu. Wenn also irgendwas gar nicht verstanden werden kann, dann ist es meist nicht musikbezogen, sondern Motorsport. Dieser Text hat mich auch von etwas anderem überzeugt, nämlich von meinem Grundsatz der Recherchefreiheit und Behauptungshoheit des Texters. Da hier ja etwas ganz Wichtiges vorkommt, Rennergebnisse (nee, stimmt gar nicht, hab ich gar nicht erwähnt, deshalb hier nachgeholt: es gewannen Andy Wallace / Olivier Grouillard im McLaren F1 in Harrods-Livree), wollte ich Fakten überprüfen und hab gegoogelt, ich geb es zu. Andy Wallace und der gelb-grüne Harrods-McLaren, da war ich mir zu Recht sicher, das stimmte auch. So ist mir auch die Teilnahme von Nick Mason, Drummer von Pink Floyd – hier kann man es ja mal sagen: und alter Festivalkumpel von mir; er weiß das allerdings nicht mehr, nehme ich an – erst wieder eingefallen, und auch die Aufzählung der Marken wurde so angestoßen, sie ist mit Absicht mitnichten vollzählig. Im ursprünglichen Text gab es noch eine Fortführung des Themas: ein ebenfalls tatsächlich unternommener Ausflug zu einem Lauf der BTCC, englische Tourenwagenmeisterschaft, sollte auf diese Schilderung folgen, am Wochenende danach. Der Neußer Frank Biela, einer der unterschätztesten Weltklassepiloten für TW und Sportwagen, gewann diese im Nieselregen von Thruxton, near Andover (ja, so hab ich mich dahin navigiert), auf seinem Audi. So weit die Erinnerung. Aber was ich 1995 wähnte, fand tatsächlich 1996 statt. Und zwar in umgekehrter Reihenfolge, Thruxton sogar an einem Montag, es wird also Ostern oder so gewesen sein. Ich bevorzuge trotzdem das Prinzip Erinnern. Mein lieber Teipel.

Tokio

Kellerclub in Shibuya, Konzert von David Peel (The Pope Smokes Dope und Who Killed Brian Jones, Was it One of the Rolling Stones), Platz für ca. 100 Leute, Captain Trip Records Release-Party bzw. Promo-Tour; David Peel sollte am nächsten Tag mit Yoko Ono im Lennon-Museum Eröffnung oder so was machen, große Presse jedenfalls. David Peel, um die 165 cm klein, 60, runzlig und faltig, aber topfit und auf Draht und ein Plappermaul. Also das Übliche, Smalltalk, woher, wohin, kurzum, ja, Düsseldorf, das kennt er, hat er mal gespielt, great place, they loved me there, pipapo. Das muß 69/70 des letzten Jahrhunderts gewesen sein, er hat in der vermutlich Ton-, damals Rheinhalle, Zappa supported. So weit, so abstrus, 2000 Light Years from Home. Das Konzert wird doch was später anfangen, kaum Leute im Laden bisher. An die Theke, Bier bestellen, für die Damen und mich. Plötzlich unterbricht ein höflicher Japaner, schätzungsweise Mitte 30, und fragt, ob ich ich sei. Also, er fragt tatsächlich um halb neun oder so in Tokio: „Are you Peter Hein?“ Wenn ich wegen mir selbst dort gewesen wäre, also mit Aufgabe und Ankündigung oder so was, dann hätt ich jetzt geglaubt, das wär ein bezahlter Jubelperser vom Label. Aber nichts, es war so seltsam, ich hab gar nicht richtig Zeit zum Wundern gehabt, vor lauter Perplexheit konnt ich nur bejahen und fragen, wie er drauf käme, mich zu kennen. Und dann, Kleinheit des Weltdorfes, er war grad vor ein paar Tagen auf Europareise, Einkaufstour, seltene Scheiben kaufen zum Weiterverhökern in Japan. Ein Plattenhändler. Auf dieser Tour hat er ein paar Tage bei Herrn Fenstermacher verbracht, und da wir eben erst eine Woche vor Abreise nach Japan unsere Herbsttour beendet hatten, da gab es bei Herrn Fenstermacher zu Haus wohl auch noch Bildmaterial von gemeinsamen Konzerten und Tonträgern. Und so trifft man sich dann, es war weiter nix lustig an der Geschichte; das Konzert war phänomenal, David Peel rules, ok!!!!

Salzburg

Während der Niederschrift dieses Pamphlets winkt vier Häuserblocks von mir entfernt der Papst vom Balkon. Bin mir der Gefährdungslage klar, verdränge sie jedoch.

„Adolf sagte immer: ‚Wir sind Flüchtlinge', wir sollten doch bitte nicht immer über ihn lachen, und wir sollten ihn doch nicht Adolf, sondern ‚Adsche' nennen. So rufe ihn seine Mutter auch immer, weil, habe die ihm erzählt, ‚Adsche' sei doch auch der Spitzname vom Führer gewesen."

Die Nachkriegskindheit, wie sie wirklich war: mehr Ex-Nazis als Nierentische, mehr Kriegskrüppel als Italienurlauber, mehr Jugendverbot als Existenzialismus, Opfer und Täter nah beieinander und dazu das ganz normale Aufwachsen mit Ängsten, Hoffnungen und Neugier.

Paul Kersten
Die toten Schwestern
Zwölf Kapitel aus der Kindheit
LILIENFELD

„ob er das wohl in jeder stadt so macht? am frühen nachmittag konnte ich peter hein, den sänger der fehlfarben, bei einem streifzug durch würzburg beobachten. er flanierte durch die domerschulstraße, vorbei an dem schnöden friseursalon, der juristischen fakultät und dem priesterseminar. [...] immer wieder hielt er an den schweren, alten gebäuden inne, begutachtete ein plakat über 1300 jahre würzburg, blinzelte in innenhöfe, trat ein in die st. michael kirche, blieb kurz und bahnte sich den weg zur residenz. er ging zügig, schnell, ohne dass er dabei hastig oder wie ein tourist wirkte.“

michael bartlewski auf www.mujuk.de

1. Auflage 2007

Gestaltung & Satz: Jan Frerichs
Fotografien: © Uwe Alexander Kirsten, www.neu-west.de
Druck und Bindung: freiburger graphische betriebe
Printed in Germany
ISBN 978-3-940357-03-8

www.lilienfeld-verlag.de